www.tredition.de

AF185432

Für

Alexandra Schuster

Patrick van den Berg

Der Egoist

www.tredition.de

Die Deutsche Nationalbibliothek verzeichnet diese Publikation in der Deutschen Nationalbibliografie; detaillierte bibliografische Daten sind im Internet über http://dnb.d-nb.de abrufbar.

© 2012 Patrick van den Berg
Umschlaggestaltung, Illustration: Aljoscha Müller
Verlag: tredition GmbH, Hamburg
ISBN: 978-3-8491-1823-5
Printed in Germany

Inhaltsverzeichnis

Erstes Kapitel: Scham

Ich weiß gar nicht, wo ich anfangen soll. Ich weiß lediglich, dass es mir schon in absehbarer Zeit schrecklich peinlich sein wird, meine geschriebenen Worte zu lesen. Dennoch verspüre ich seit dem letzten Abend den dringenden Impuls, meinem chaotischen Gefühlsleben auf diesem Wege Ausdruck zu verleihen. Heute war der erste Tag meines Studiums der Rechtswissenschaften und trotz der festen Absicht, mich frühmorgens mit vollem Engagement zur Universität zu begeben, habe ich keine einzige meiner Veranstaltungen besucht, da ich mich dazu keineswegs imstande sah.

Es sind die vielen Menschen oder Menschen überhaupt, vor denen ich mich fürchte und denen ich mich zu entziehen versuche, indem ich allein in meiner Wohnung zurückbleibe und vor mich hin träume. Ja, ich bin ein Träumer und schwelge fast ununterbrochen in einer Fantasiewelt, die so ganz anders als die Realität ist, die ich tagtäglich erlebe. Vor allem ich bin ein anderer in meiner Traumwelt, frei von Angst, Befangenheit, Scham und all den Dingen, die mich so fürchterlich in meinem Alltag quälen und mein Leben in große Schwierigkeiten versetzen. Ja, in meiner Traumwelt bin ich der lockere Typ, von allen geliebt und für seine fantastischen Ideen geschätzt. In Wahrheit traue ich mich indes jedoch nicht einmal, einen altbekannten Freund anzurufen und ihm ein Treffen vorzuschlagen, weil ich befürchte, mich ihm nur allzu sehr anzuwidern. Auch bin ich immer so ideenlos, wenn es darum geht, was man unternehmen könnte. Ich verharre in einer permanenten Erwartungshaltung und nehme gerne fast alles entgegen, was mir jemand anbietet. Die Hauptsache ist, dass ich meine passive Rolle nicht aufgebe und keinen Beitrag zur Zeitgestaltung leiste, um nur ja weder für mögliche Peinlichkeiten noch für Langeweile verantwortlich zu sein. Ich bin davon überzeugt, dass ich mit dem, was mir tatsächlich gut gefällt und mich berührt, nur Gelächter oder im besten Falle Langeweile beim anderen hervorzurufen vermag. So ergeht es mir oft auch im Gespräch. Ich habe Schwierigkeiten, spontan zu sprechen oder aber etwas von mir zu erzählen. Es könnte zu uninteressant sein. Deshalb übe ich mich, wenn ich alleine bin, darin, was ich wie jemandem erzählen könnte, und wiederhole diese fiktiven Gespräche so oft, bis eine Version entstanden ist, mit der ich zufrieden bin. Nein, das ist kein Leben, das ist nicht Realität. Das ist eine peinliche Form der Schizophrenie und ich schäme mich mitunter zu Tode, wenn ich mir vorstelle, dass mir jemand zuschaut, wie ich wie der letzte Idiot durch meine Wohnung schleiche und Selbstgespräche führe. Ich bin mir der Peinlichkeit zu hundert Prozent bewusst. Ich weiß es und tue es trotzdem. Einige Male habe ich versucht, die Selbstgespräche einzustellen, indem ich mir ausgemalt habe, unter Beobachtung zu stehen. Doch die Kontrolle wich nach kurzer Zeit dem Mitteilungsbedürfnis und ich verfiel wieder in alte Muster. Vielleicht hilft mir das Schreiben dabei, auszudrücken, was bei mir ist, ohne der Verurteilung durch einen anderen Menschen ausgesetzt zu sein und ohne mit mir selbst reden zu müssen. Auch ist es ganz und gar unmöglich, gesprochene Worte zurückzunehmen. Ein unangebrachtes, ja gar falsches Wort macht ein fiktives Gespräch unfehlbar zunichte und es wird ein Neuanfang notwendig. So kann sich das mehrfach zutragen, was mitunter sehr anstrengend ist. Auch geschieht es bisweilen, dass man in einem sehr langen und schwierigen fiktiven Gespräch am Ende nicht mehr weiß, was alles gesagt wurde, sodass wiederum ein Neuanfang erforderlich wird. Kurzum, Selbstgespräche haben auf mich aus verschiedenen Gründen eine zerstörerische Wirkung und treiben mich zur Verzweiflung. Das geschriebene Wort hingegen vermag jederzeit gelöscht und durch ein neues ersetzt zu werden. Man muss nicht von vorne beginnen, weil alles jederzeit überarbeitet und verbessert werden kann. Darüber hinaus ist es möglich, immer wieder zum Anfang (oder wohin auch immer) zurückzugehen und sich auf diese Weise alles Geschriebene ins Gedächtnis zurückzurufen. Ja, Schreiben ist besser als jedes Selbstgespräch und es ist bei weitem weniger kompromittierend.

Ich hoffe, dass durch das Schreiben mein Bedürfnis nach diesen quälenden Selbstgesprächen nachlassen wird. Zu wissen vermag ich dies jedoch nicht, weil das Schreiben nie ein langer Freund von mir gewesen ist. Ich habe in der Vergangenheit oft versucht, etwas zu Papier zu bringen, und es bald wieder aufgegeben. Vielleicht habe ich immer den Fehler begangen, mein Geschriebenes zu lesen. Wie eingangs erwähnt, empfinde ich es immer als äußerst peinlich, Worte von mir zu lesen, wenn sie eine persönliche Note haben. Verfasste ich hier einen Zeitungsartikel über, sagen wir, eine berühmte Persönlichkeit, so könnte ich ihn jederzeit wieder aufrufen und schämte mich des Inhalts und der gewählten Worte nicht. Schreibe ich dagegen von Gefühlen und Stimmungen, denke ich am nächsten Tag, dass sich alles ganz entsetzlich anhört und mich jeder auslachen würde, wenn er das läse. Ja, es wirkt ganz und gar lächerlich. Und obendrein klingt es unecht, gekünstelt und allzu geschwollen. Dabei habe ich gar nicht die Absicht, irgendetwas fürchterlich Spannendes zu schreiben, nach dem sich alle die Finger lecken. Ich schreibe nur für mich und hoffe, durch klare Worte auch Klarheit in mein zermartertes und konfuses Hirn zu bringen. Ich gebe allerdings zu, dass ich durchaus Wert auf grammatikalische Richtigkeit und einen abwechslungsreichen, nicht allzu langweiligen Schreibstil lege. Ich denke, das passt zur Natur meines Wesens.

Ich frage mich oft, wie ich zu dem Menschen werden konnte, der ich nun bin und der eigentlich so gerne ganz anders wäre. Ich frage mich, wie es möglich ist, sich so sehr für sich zu schämen, wie ich es für mich tue. Wenn ich jemanden kennen lerne, gebe ich mir immer ganz besonders große Mühe, unkompliziert und unglaublich interessant zu wirken, vor allem wenn es bei der Person um jemanden geht, der mir gut gefällt. Ich bin dann immer sehr bemüht, möglichst wenig meines komplizierten und höchst gestörten Wesens zu zeigen, und hoffe innerlich, dass die Begegnung bald endet, weil dieses Verstecken anstrengend und von der permanenten Angst begleitet ist, dass ich durch irgendeinen dummen Fehler mein wahres Wesen offenbare. Mir ist bewusst, dass meine Taktik nicht besonders klug ist. Mir ist auch klar, warum ich nicht viele Freunde habe und auch nie in meinem Leben hatte. Mir ist so vieles bewusst, und doch ändert dieses Bewusstsein rein gar nichts an meinem Gefühl und dem immer wiederkehrenden Bedürfnis, mich zu verstecken und zurückzuziehen. Doch da ist auch noch ein anderes Bedürfnis. Ich sehne mich nach Liebe und Intimität, nach Geborgenheit und Offenheit, nach Verschmelzung und tiefer Freundschaft.

Gedanken können schmerzen. Sie können richtig wehtun. Ich komme darauf, weil ich mir gerade ausgemalt habe, wie es wohl wäre, von meiner Freundin betrogen zu werden. Allein der Gedanke daran vermag mich förmlich in Stücke zu zerreißen und innerlich zu erschüttern. Die Vorstellung eines eigenen Betrugs jedoch erweckt in mir große Neugierde, und so hat es sich nun zugetragen, dass ich mich unglücklich verguckt habe. Unglücklich auch deshalb, weil mir das Verlieben in der Vergangenheit immer Schmerz gebracht hat. Selten verlief eine solche Stimmung nicht äußerst kompromittierend für mich, weil diese fast nie erwidert wurde. Mein äußerst verstörtes Wesen wird um einiges verstörter, wenn es von Schwärmereien ergriffen wird. Ich habe mich stets lächerlich gemacht und werde mich ein jedes Mal, wenn ich mich verliebe, wieder lächerlich machen, sodass ich es unbedingt unterlassen sollte. Bisweilen kann man jedoch nichts dagegen tun. Man wird von Gefühlen befallen und erkrankt sozusagen an den Folgen der Peinlichkeiten, die man aufgrund der Verliebtheit begehen wird. Ich sage das so, weil das meine persönliche Erfahrung ist. Es freut mich zu hören, wenn andere das anders sehen. Von Liebe spreche ich hingegen, wenn ich mich auf jemanden einlasse und anschließend in eine tiefe Vertrautheit mit demjenigen gehe. Dazu bedarf es allerdings auch eines gewissen Vertrauens in das eigene Wesen. Ist dieses zutiefst erschüttert, so steht auch die Liebe zum anderen auf wackligen Beinen. Es ist logisch, dass ein jeder gerade dann anfällig für Schwärmereien wird.

Wenn ich das alles so lese, gefällt mir überhaupt nicht, was ich hier schreibe. Und trotzdem muss ich weitermachen, um nicht in Versuchung zu geraten, meine Selbstgespräche wieder aufzunehmen. Ich merke, dass ich in Gesellschaft durchaus zurechtkommen kann, während mich das Alleinsein weitgehend verstört, auch wenn sich dies durchaus unverständlich und widersprüchlich anhören mag.

Ich habe Hemmungen, weiterzuschreiben. Ich habe Schwierigkeiten, mich zu konzentrieren. Mein Schreibtisch ist so dreckig. Ich müsste dringend die Wohnung sauber machen, so verkommen, wie es hier teilweise aussieht. Ich komme allerdings zu nichts. Ich bin zu träge und müde und allzu sehr von meinen Gedanken eingenommen. Ich bräuchte eine gewisse Zerstreuung, um mich nicht für so schrecklich peinlich zu befinden. Meine Verliebtheit macht mir zu schaffen. Zu viele romantische und doch gar zu zerstörerische Träume penetrieren meinen Kopf und lassen mich kein klares Wort denken. Schuld ist das, was ich fühle, und ich komme mir gleichzeitig so lächerlich vor. Was konstruiere ich mir hier eigentlich? Bin ich denn wirklich verliebt oder bin ich nicht eher fürchterlich verwirrt und überfordert? Ich habe in meinem noch so jungen Alter schon ein Kind, einen Säugling von sechs Monaten, den ich über alles liebe und dem ich mich doch kein bisschen gewachsen fühle. Meine Freundin ist eine so gute Mutter und ich ein so miserabler Vater. Anstatt für meine Familie da zu sein, vergucke ich mich ohne jeden Anlass in jemanden, den ich überhaupt nicht kenne, und bin gedanklich dazu bereit, in die Freiheit zu stürzen und meine Familie im Stich zu lassen. Und da soll ich seelenruhig in die Universität gehen, Kontakte knüpfen und meine Aufmerksamkeit irgendwelchen Gesetzen und juristischen Gaunereien schenken? Ich muss mir an dieser Stelle das Versagen eingestehen, dazu nicht fähig zu sein. Da ziehe ich es doch entschieden vor, in meiner Stube zu bleiben und diese nur in absolut erforderlichen Situationen zu verlassen. Immerhin (man mag es mir wohl gar nicht zutrauen) gehe ich ein paarmal die Woche arbeiten und verdiene mir auf diese Weise ein wenig zu meinem Unterhalt dazu.

Meine Freundin, die ich im Folgenden bei ihrem Spitznamen Jules nennen werde, hat mich gerade gefragt, ob wir telefonieren mögen. Ich bin seit einiger Zeit alleine zu Hause. Wir hielten es nach unzähligen Krisen für klüger, auf Abstand zu gehen und vorerst nicht miteinander zu leben. Zu oft war es zu Problemen und unschönen Situationen gekommen. Jules ging zu ihren Eltern, bevor es sie wegen eines Familienschicksals zu ihren Verwandten in den Norden zog. Ostern steht vor der Tür und danach wird sie mit unserem kleinen Sohn Jaro zurückkommen. Und dann ist es wohl vorbei mit dem Müßiggang und dem süßen Nichtstun. Moment, ich schreibe doch! Und das ist ja wohl mehr als nichts. Aber ob auch Jules das so sehen wird? Ich sollte in die Universität gehen und lernen und... Ich mag aber gar nicht studieren. Diese Lehranstalt ist mir gar zuwider. In jedem Winkel trieft es vor Fleiß, vor ehrgeizigen jungen Leuten, die etwas erreichen wollen. Karriere und Geld. Ich jedoch vermag damit nichts anzufangen. Ich kann mich nicht darauf einlassen, morgens aufzustehen und zum Unterricht zu gehen, um dann am Nachmittag in Eigenarbeit mit dem Studieren fortzufahren. Das hat bisher nicht funktioniert und wird auch, so befürchte ich, in Zukunft nicht funktionieren. Mag man jetzt einwenden, ich hätte doch erst heute meinen ersten Jura-Tag und somit noch gar keine Erfahrung im Studium, so werde ich an dieser Stelle ergänzen müssen, dass ich noch etwas anderes studiere, und zwar seit zweieinhalb Jahren. Ich könnte längst kurz vor meinem Abschluss stehen, doch bin ich davon noch weit entfernt. Dies widerspräche allzu sehr meinem Wesen, das äußerst gerne vieles beginnt und nur wenig zu Ende führt. Und doch ist es gerade ein Genie im Schmieden „perfekter" Pläne, die von Anfang an nicht aufgehen. Da aber die Realisierung der selbigen mit dem Eintritt ins Schlaraffenland gleichgesetzt wird, ist das Scheitern immer mit seelischen Qualen verbunden. Denn wer stört sich nicht daran, wenn ihm der Zutritt zum Paradies verwehrt bleibt? Eine Traumwelt bricht zusammen, und das meist auf eine mich zutiefst demütigende Art und Weise.

Und da komme ich auch gleich wieder zu meinen Verliebtheitsgefühlen. Wie verabscheue ich es beispielsweise, wenn ich jemandem meine Schwärmereien für ihn offenbare und dann mitleidig angelächelt werde, weil die Person mit diesem Lächeln ihre Hilflosigkeit verdecken möchte, die sie empfindet, weil sie nicht weiß, wie sie es anstellen soll, mir meine Chancenlosigkeit zu erklären, ohne dabei kränkend oder beleidigend zu sein! Dies stellt sich in der Tat als ein sehr schweres Unterfangen heraus und die meisten scheitern bei diesem Vorhaben nur allzu kläglich. Es ist nun eben einmal sowohl kränkend als auch beleidigend, wenn ein warmes Gefühl mit Kälte beantwortet wird. Es ist schließlich in jedem Falle davon auszugehen, dass die Person, der man dieses herzliche Gefühl entgegenbringt, ebenfalls zu solchen Empfindungen fähig ist. Es liegt letztendlich also doch an mir, dass die begehrte Person für mich nicht in der Weise fühlt, wie ich es mir wünsche. Und der Grund dafür ist, so lehne ich mich jetzt einmal ganz weit aus dem Fenster, mein gar zu verstörtes und verstörendes Wesen, vor dem jeder angeekelt einige Schritte zurückweicht. Ich bin zu komisch, um als liebenswert empfunden zu werden. Jules hat das zu spät erkannt. Sie war die sprichwörtliche Nadel im Heuhaufen und nun, da ich sie zu mir genommen und ihr mein Vertrauen geschenkt habe, zittere ich vor Angst und bin zu Liebesgefühlen nicht mehr imstande, obwohl ich die Liebe tief in meinem Innern spüre. Es ist unerträglich für mich, mit diesem Umstand zu leben.

Mag ich nun ein paar Worte zu unserer Wohnung verlieren, in der zu leben mir nur allzu sehr verhasst ist. Wohl gemerkt, sie ist schön und groß und doch leider ganz arg laut. Ich verabscheue schlecht isolierte Wohnungen, in denen man aus den Nachbarwohnungen sämtliche Geräusche und sogar auch Toilettenspülungen hört, und verspüre in einer solchen den konstanten Drang, meine Ohren zuzuschnüren. Ich werde schier wahnsinnig, wenn ich mich ohne Musik und Kopfhörer zu Hause bewege und die lärmenden Schritte oder Poltergeräusche unserer Nachbarn vernehme. Schlafen ist unter solchen Bedingungen unmöglich, weshalb es mich erst spät in der Nacht von meinem Schreibtisch und der Musik fort ins Bett zieht. Ich kann erst schlafen, wenn alles ruhig ist und auch nur solange es ruhig ist. Sobald das nachbarliche Leben mit all seinem Lärm beginnt, ist auch meine Nacht zu Ende. Das Erwachen ist ein böses und ungemütliches und an kuschelige Minuten im Bett, wie sie andere zu genießen wissen, ist für mich nicht zu denken. Wenn mein Körper zu schwer ist, als dass es mir möglich wäre, ihn aus dem Bette zu bewegen, verkrieche ich mich unter meiner Decke, mit den Händen die Ohren zuhaltend, um das Getöse nicht hören zu müssen. In solchen Momenten ist es mir nur allzu verhasst, in diesen vier Wänden zu leben. Auch ansonsten kann ich die Geräusche nicht ertragen. Ich gerate in eine gewaltige Raserei, während mein Körper bebt und erschüttert wird. Ein klarer Gedanke ist kaum zu fassen. Ein wütender Schmerz macht sich in mir breit und ich habe das Gefühl, durchzudrehen. Auf die simpelsten Dinge vermag ich keine Konzentration zu verwenden.

Großen Kummer bereitet mir auch das Händewaschen, das ich gar zu arg betreibe, weil ich ein scheinbar unstillbares Reinlichkeitsbedürfnis verspüre, auch wenn die Wohnung nun gar nicht danach aussieht. Was aber meine Hände und Kleidungsstücke betrifft, bin ich krankhaft zwanghaft. Ich traue es mich kaum zu offenbaren, doch ich empfinde einen grauenvollen Ekel vor Toiletten. Schon alleine dieses Wort zu schreiben löst in mir ein Schmutzgefühl aus und es kommt sogleich der Drang auf, meine Hände unter fließendes Wasser zu halten und mit Seife zu dekontaminieren. Lediglich die Vernunft, dass das Wort nur eine Buchstabenfolge ist und nicht im direkten Zusammenhang mit diesem so schmutzigen und ekligen Örtchen steht, hält mich von einer exzessiven Waschorgie zurück. Aber man wird mich wohl gar für zu verrückt halten.

Oh, wie fies und gemein meine Gedanken doch sind! Unentwegt denke ich an *sie*, an ihr hübsches Gesicht mit dem entzückenden Lächeln, ihre blonden Haare, ihre zierliche Statur und daran, wie es wohl wäre, mit ihr eine einzige Nacht zu verbringen. Wie sehr ich mir das wünsche, erschreckt mich selbst zutiefst. Natürlich male ich mir nicht irgendeine billige Nummer aus, die vielleicht mehr ungewollt und aus einer später unverständlichen Laune heraus geschieht. In den buntesten Farben schwebt vor meinem geistigen Auge eine leidenschaftliche Begegnung, bei der ich natürlich ungemein selbstbewusst und äußerst charmant auftrete und das Objekt meiner Begierde förmlich bezirze und es nach einem heißen Vorspiel zum explosivsten Liebesakt verführe. Es steht außer Frage, dass so etwas ganz unabhängig von der Tatsache, dass ich mich moralisch wahrscheinlich nicht in einen derartigen Abgrund zu stürzen bereit wäre, niemals geschehen wird, weil ein verrückter Kranker, wie ich es bin, zu einer solchen Leistung gar nicht imstande ist. Begegnete ich der weiblichen Hauptrolle meiner absurden Träumereien zufällig, wäre ich wahrscheinlich so perplex, dass ich kaum ein Wort herausbrächte und mich meines Äußeren in Grund und Boden schämte. Hinterher wäre ich wahrscheinlich der Verzweiflung nahe und würde mich an die hundert Mal fragen, ob ich denn auch hübsch genug gewesen sei. Und überhaupt, ob ich denn auch frischen Atem gehabt und bloß nichts Peinliches gesagt hätte. Ich würde mich fragen, ob mein verschüchtertes Wesen einen Funken der Leidenschaft verraten hätte, die es empfindet. Ich würfe mir vor, mich motorisch spastisch verhalten zu haben, zumal ich in Momenten solcher Schamgefühle dazu neige, sehr verkrampft und angespannt zu wirken. Ich würde mir vorhalten, alles verdorben zu haben, und schließlich jämmerliche Krämpfe erleiden. Ähnlich verliefe es wohl, wenn ich wüsste, dass eine Begegnung mit ihr bevorsteht. Ich würde mich schon vorher derart verrückt machen und wie ein aufgescheuchtes Huhn durch die Gegend irren, dass ich anschließend in ihrer Nähe wohl Gefahr liefe, an einem Herzinfarkt zugrunde zu gehen. Ich hätte natürlich meine schönsten Kleider zum Tragen ausgewählt, was bei mir schon grundsätzlich zu Unwohlbefinden führt. Ich achte bei den selbigen eher auf Bequemlichkeit, womit ich mir meist etwas Sicherheit zu schaffen vermag. Zurechtgemacht fühle ich mich geradezu unbehaglich. Nun hätte ich mich auf eine bevorstehende Begegnung natürlich vorbereitet und Sätze zu sagen einstudiert, weshalb ich einen nur allzu lächerlich steifen Eindruck hinterließe. Ich würde erröten und schließlich würde mir meine Stimme versagen und meine Blase krampfen. Nein, die Realität ist gar zu fern von der Schönheit meiner Träume. Wenn ich so ehrlich schreibe, frage ich mich, warum ich mir das Träumen überhaupt antue. Es stürzt mich dermaßen ins Unglück, dass es überhaupt keinen Sinn ergibt. Ich täte gut daran, mich auf das Wesentliche zu konzentrieren, zu studieren, zu arbeiten und fleißig zu sein. Schlag es dir aus dem Kopf!

Jules hat sich indes der Traurigkeit hingegeben. Meine ausgebliebene Reaktion auf ihren Wunsch zu telefonieren hat sie sehr aufgebracht. Ich fühlte mich angesichts der geschilderten Stimmungslage allerdings nicht imstande, mit ihr zu sprechen. Es wäre in jeder Hinsicht unehrlich gewesen. Ich hätte mich rechtfertigen müssen, dass ich nicht zur Universität gegangen bin und mich dem Müßiggang hingegeben habe. Ich verbringe meine Zeit mit Schreiben, doch das Geschriebene bleibt mein Geheimnis. Wahrscheinlich werde ich mich aber am Ende doch mitteilen und meine allzu schändlichen Gedanken äußern, wozu ich schließlich doch immer aufgrund meiner Charakterlosigkeit geneigt bin. Ich hoffe, dass man mich dann an den Ohren ziehen und ordentlich durchprügeln wird, damit ich mir das hässliche Gesicht meiner gemeinen Bosheiten nur allzu bewusst mache.

Ich durchlebte die Erfahrung, von einem geliebten Menschen verlassen, ja förmlich aufgegeben zu werden, am eigenen Leibe. Ich sollte wissen, wie schmerzhaft es ist, einen Menschen zu verlieren, mit dem man um jeden Preis zusammen sein will. Und wenn man eines von Jules behaupten kann, so ist es, dass sie zumindest noch im Moment um alles in der Welt mit mir zusammen sein will. Dennoch setze ich sie dem Risiko aus, mich an eine gemeine Träumerei zu verlieren. Eine Träumerei, die in jeder Hinsicht falsch ist und mich doch so einnimmt. Ich verlor mich an das erste Mädchen, mit dem ich in meinem damals doch schon recht fortgeschrittenen Alter intim wurde. Das war eine ganz kompromittierende Angelegenheit für mich, die sich sehr hässlich gestaltete und mich seelisch fast zu Tode quälte. Darauf mag ich mich jetzt allerdings nicht weiter einlassen, wobei ich nicht ausschließen möchte, dass ich später einige Worte dazu verlieren werde.

Nun muss ich mich vorerst um mich und darum kümmern, dass ich in meiner einsamen und verwirrten Lage klare Gedanken fasse. Es ist hier nicht angebracht, sich in längst vergangene Momente zurückzuversetzen und womöglich sentimental zu werden. Zu oft hat die Vergangenheit ein gar zu unansehnliches Gesicht und man mag nicht hinschauen. Und schließlich schaut man doch hin, kramt all die schlechten Erinnerungen und Erfahrungen hervor und überträgt sie in die Gegenwart, die ja eben doch ganz anders ist. Nein, es erfordert einer strikten Trennung zwischen Vergangenheit und Gegenwart. Man könnte gewissermaßen sagen, dass die Vergangenheit die Vorgeschichte der Gegenwart ist und nicht ihr so oft vermeintlich erkanntes Spiegelbild. Es steht außer Frage, dass sich ein Charakter aus der Vergangenheit entwickelt. Es ist aber keinesfalls so, dass nicht auch die Gegenwart erheblichen Einfluss auf den selbigen ausübt.

Ach, was schwatze ich da eigentlich von Charakter und Vergangenheit und dem ganzen dummen Zeugs? Das sind doch alles nur niedergeschriebene Sätze infolge meiner unendlichen Verwirrtheit, die ich derzeit durchlebe. Glaube ich denn wirklich, mich hier mit leeren Worten frei schreiben zu können? Glaube ich ernsthaft, dass ich in einiger Zeit hierauf schauen und sagen werde, dass mich das unerträgliche Geplapper gerettet hat? Werden meine Gelüste und Marotten, ja diese bescheuerten Marotten weniger werden, nur weil ich mich hier mit all meiner Schwäche und Krankhaftigkeit bekenne? Ich vermag kaum zu glauben, dass ich mein hässliches Gesicht liebevoller und selbstbewusster in die Welt hinaustragen werde, wenn ich mich hier ganz nackt ausgezogen und vielleicht erkannt haben werde, dass ich trotzdem noch lebe. Jedes Mal, wenn mich meine nervige, permanent triefende Nase um ein Taschentuch bittet, werde ich ihr höchst ungern und zu Tode beschämt gezwungenermaßen nachkommen, da sie sonst eine noch viel peinlichere Rache an meinem geschundenen Wesen verüben wird. Ich werde weiterhin meine gar zu dünnen Haare verachten, wenn die am Morgen gemachte Frisur sich gleich beim ersten Windstoß verabschiedet und ich nur noch wie ein abgeranzter Zottel aussehe. Und dann noch mein komischer Gang! Wie oft schon habe ich in meinem Leben gehört, der selbige sei allzu absonderlich und man erkenne mich daran aus hunderten von Metern! Von der Verkrampfung, die in Gesellschaft beinahe ununterbrochen mein zartes Wesen einnimmt, mag ich indes gar nicht sprechen.

Und wie grausig sind mir diese Toilettenbesuche! Wie sehr ich mir doch wünsche, der Mensch müsste nicht zur Toilette gehen! Mir würde dies mein Leben um einiges erleichtern. Welch Schmutzgefühle und Ekelempfindungen durchfahren mich jedes Mal, wenn ich diesen gar zu scheußlichen Ort aufsuchen muss! Ich gebe mir große Mühe, möglichst wenig zu berühren. Auch das Spülen erfüllt mich in gewisser Weise mit Ekel. Ich habe immer Angst, dass das Toilettenwasser spritzt und meine Kleider oder frei liegende Körperteile beschmutzt. Wenn der Ekel vor der Toilette selbst einigermaßen überwunden ist, gelange ich zum alleranstrengendsten Teil dieser ermüdenden Prozedur. Das Händewaschen gestaltet sich im Folgenden als eine Art Kampf gegen den empfundenen Ekel. Unzählige Male drücke ich auf den Seifenspender und schrubbe meine Hände und bisweilen auch meine Arme von der erlittenen Ekelerfahrung frei. Dies gelingt mir meist erst nach vielen Wiederholungen dieser rasenden Wascherei. Wenn ich endlich den Absprung geschafft und mich bis zum Handtuch oder dem Papier zum Abtrocknen vorgearbeitet habe, verlasse ich meist fluchtartig diesen sündigen, mir so verhassten Ort. Auf öffentlichen Toiletten vollzieht sich die geschilderte Katastrophe trotz des erhöhten Ekelfaktors deutlich milder, was ich auf die Scham und darauf zurückführe, dass ich unter Menschen stets bemüht bin, nicht allzu sehr mit meiner Geisteskrankheit aufzufallen. Ich unterdrücke also außerhalb meiner schützenden vier Wände ein doch recht grundlegendes Bedürfnis, weshalb es mir dann immer bald zum Wunsche wird, nach Hause zu kehren, selbstverständlich allein, zumal ich nicht gerne hier Besuch empfange. Zu sehr bin ich dann damit beschäftigt, dem anderen alles recht zu machen. Ferner schäme ich mich trotz der vorhin genannten Vorzüge meiner Behausung für die selbige, da die Böden, die Türen und auch deren Klinken nur allzu geschmacklos und hässlich sind. Darüber hinaus hat die

Wohnung einen scheußlichen Geruch, an dem jedoch keiner der in jener Lebenden Schuld trägt. Wir sind Freunde der frischen und kalten Luft und gewähren dieser oft Einlass. Anders unsere Mitbewohner, die es zum großen Teil vorziehen, ihre stinkigen Abdünste ins Treppenhaus verschwinden zu lassen. Da unsere Wohnung im oberen Stockwerk gelegen ist, steigt der ganze Mief denn hinauf zu uns.

Was mir jedoch gar am verdrießlichsten ist, ist der bereits erwähnte Lärm unserer Nachbarn, der sich tagtäglich von morgens bis tief in die Nacht durch die scheinbar unnützen Wände und Decken einen Weg zu meinen überaus empfindlichen Ohren bahnt. Neben all meinen fiesen Gedanken und zwanghaften Marotten bietet mir mein allzu labiles Wesen auch noch eine nervige Geräuschüberempfindlichkeit. Ich bin nicht stolz darauf, dass dies medizinisch attestiert wurde und ich mich dieser unüblichen, wenn auch anerkannten Krankheit rühmen darf. Die Geräuschüberempfindlichkeit äußert sich darin, dass ich jedes noch so leise Geräusch aus den Nachbarwohnungen vernehme und mich dadurch in allem, was ich tue, stören lasse. Schreiben oder Lesen ist mir dann nicht möglich. Meine Konzentration ist bei jedem winzigen Störgeräusch ausgelöscht, weshalb ich meine Ohren den ganzen Tag lang Musik über Kopfhörer aussetze, auch wenn ich mich eigentlich nach Stille sehne. Da aber ein akustisches Nichts hier nur spätnachts anzutreffen ist, ziehe ich denn dem Lärm der Nachbarn meine Musik entschieden vor. So gebrauche ich diese auch beim Kochen und Essen. Nur ins Bad und ins Bett nehme ich sie nicht mit. Im Bad könnte sie allzu sehr beschmutzt werden. Dieser verfluchte Ort wirft ja förmlich um sich mit fiesem Schmutz. Im Bett und zum Schlafen halte ich die selbige indes nicht für geeignet.

Wenn ich mir anfangs die Bemerkung erlaubte, davon überzeugt zu sein, das für mich im Leben Schöne nicht mit anderen teilen zu können (ich glaube, ich schrieb, dass ich mit dem, was mich berühre, nicht ankommen könne), so liegt ein Grund dafür in der Musik, nicht in jener selbst, sondern in der Gattung, die ich zu hören bevorzuge. Es sind diese melodiösen, romantisch angehauchten und meist von einer weiblichen Engelsstimme unter instrumentalem Bombast gesungenen Stücke, die mich bezaubern, beflügeln und auf eine Weise glücklich machen können, wie es nichts anderes auf der Welt vermag. Wenn ich anderen meine Musik zeige und sie mit in den Bann reißen möchte, ernte ich jedoch meist nur geringschätziges Gelächter. Nie vermochte ich es, jemandem ein ähnliches Glücksgefühl durch meine Musik zu schenken. Jules hat sich mehrfach ereifert, mir auseinanderzusetzen, worin der Grund dafür liege. Sie hält meine Musik für nicht altersgemäß und ordnet sie den pubertierenden Jugendlichen zu. Sie hat auch nichts anderes als einen verächtlichen Blick für den Schlüssel zu meinem Glück übrig. Man möge mir diese schmalzige Äußerung verzeihen.

Unbestreitbar teile ich mit meiner Musik ein Erlebnis, das in jedem Falle für mich von existenzieller Bedeutung war. Vor vielen Jahren, als ich noch bei meiner Mutter lebte und ein unglücklicher junger Mensch war, verspürte ich einst das Bedürfnis, meinem tristen Leben ein Ende zu setzen. In einem naiven Augenblick schluckte ich eine Überdosis eines Medikamentes. Es ist fraglich, ob ich daran gestorben wäre. Soweit kam es denn aber nicht. Ich war mir meines Todeswunsches nicht sicher, sodass ich bald auf mich aufmerksam machte und schließlich ins Krankenhaus gebracht wurde. In der Folge war es für mich schier unerträglich, meine Mutter jeden Morgen das Haus verlassen zu sehen. Ich wurde vom Unterricht freigestellt, während sie ihrer Tätigkeit weiterhin nachgehen musste. In ihren Augen stand des Morgens immer die nackte Panik geschrieben, mich am Mittag nicht lebend wiederzusehen. Sie fürchtete einen erneuten, diesmal womöglich erfolgreichen Selbstmordversuch, den sie durch ihre Abwesenheit nicht hätte verhindern können. Allein diese Angst, diese Abhängigkeit von meiner Bereitschaft zum Leben und die unheilbare Wunde, die ich ihr mit meinem Tod auf ewig zugefügt hätte, waren Grund genug für mich, meine dunklen Gedanken in die Hölle zu schicken. Darüber hinaus hatte ich beim Verlassen des Krankenhauses vor dem Arzt versprochen, einen erneuten Suizidversuch zu unterlassen. Ich nehme es indes sehr ernst mit Versprechungen und mache solche nur allzu ungern. Von Schwüren halte ich mich derweil ganz fern. Davor empfinde ich zu viel Respekt. In unserer heutigen Gesellschaft, die alle paar Sekunden schwört, mag es zwar trügerisch wirken, wenn ich einen Schwur verweigere, doch dies hat rein gar nichts mit dem Inhalt desselben, sondern allein mit dem Schwur an sich zu tun. Dies ist mir gar zu unheimlich.

Und doch gab es in dieser finsteren Zeit damals noch etwas ganz anderes, was mich sozusagen aus egoistischen Gründen am Leben hielt. Ich entdeckte für mich die bereits erwähnte, von den meisten so verabscheute Musik, die in mir die Bereitschaft zum Leben erweckte. Sie gab mir, auch wenn das im höchsten Maße kitschig klingen mag und ich mich dieser schmalzigen Schilderung in Grund und Boden schäme, einen Lebensinhalt, den mir nichts und niemand anderes in dieser Zeit zu geben vermochte. Allein für die Musik lohnte es sich für mich weiterzuleben. Diesen Lebensinhalt habe ich mir im Übrigen bis zum heutigen Tage erhalten. Für meine Mutter war es dagegen auch in späteren Zeiten stets ein Graus, wenn ich meine Musik abspielte, weil sie mit der selbigen unweigerlich jenes finstere Kapitel verband. Dass für mich eine ganz andere Kraft dahintersteckte, war ihr nicht ersichtlich, so wie es auch allen anderen, denen ich meine Musik zeige, nicht verständlich ist. So wird mein Ja zum Leben, ja der ganze Grund meiner Existenz zutiefst erschüttert und infrage gestellt und ich gerate unvermeidlich in den Konflikt, an mir und meinem Dasein zu zweifeln. Ich habe es daher weitgehend eingestellt, meine Musik zu präsentieren, und spiele sie in Gegenwart anderer nur allzu ungern ab.

Mit der Musik stehen aber gleichfalls meine ausschweifenden Träumereien und mein Wunsch, geliebt und von allen Seiten begehrt zu werden, dem auch ein gewisser Schmerz innewohnt, in enger Verbindung. Ich verfasste viele Gedichte in kontinuierlicher Symbiose mit meiner Musik. Doch meiner kläglichen poetischen Versuche schämte ich mich hinterher gar zu sehr und empfand sie als schlecht und peinlich. So ging ich weiter ins Träumen und gab mich leidenschaftlichen Gefühlen für wen auch immer hin, bevor diese irgendwann, nachdem ich mich allzu lange in meinen Träumereien verloren hatte, unaufhaltsam aus mir heraussprudelten, woraufhin man schließlich auf mich spuckte. Dies widerfuhr mir einige Male. Erfüllendes blieb aus und ein grausamer Schmerz im Herzen zurück. Krämpfe waren die Folge und der Wunsch, an den empfundenen Schamgefühlen zugrunde zu gehen. Nein, es ist gar zu unerträglich, in einer derart kompromittierenden, mitleidigen Art und Weise abgewiesen zu werden, sodass ich gut daran täte, mich gewaltsam von solchen Peinlichkeiten fernzuhalten.

An dieser Stelle könnte ich meine Aufzeichnungen im Grunde genommen schon beenden. Mir drängt sich das Gefühl auf, bereits alles gesagt zu haben. Auch wenn dies womöglich der Fall sein mag, werde ich mit dem Schreiben fortfahren. Es bedarf einer sorgfältigen Aufgabe in meinem allzu leichten

Leben, sodass mir gar kein anderer Ausweg bleibt, als dieses Dokument weiterhin mit meinen finsteren Gedanken zu beschmutzen und als stummen Zeugen meiner Bosheiten zu missbrauchen. Es wird mich niemand daran hindern können.

Je mehr ich schreibe und mich damit identifiziere, desto unzufriedener bin ich mit dem, was ich hier zu Papier bringe. Es gefällt mir überhaupt nicht und ich bin der Meinung, dass es einfach nur lächerlich ist. Allein die Sprache ist peinlich. Welcher Mensch des 21. Jahrhunderts teilt sich in dieser nur allzu geschwollenen und unnatürlichen Art und Weise mit? Es wirkt wie der kläglich gescheiterte Versuch, ein literarisches Kunstwerk zu schaffen, doch darüber kann man nur spöttisch und herablassend lachen. Niemand wird mir glauben, dass auch nur ein einziges Wort der Wahrheit entspricht. „Er ist enttarnt.", wird man sagen. „Die für seine Zeit völlig untypische Sprache verrät, dass er von vorne bis hinten lügt und etwas kreieren möchte, was es gar nicht gibt." Ich beteuere allerdings mit Nachdruck, dass ich, obschon ich zugebe, dass meine Sprache nicht angemessen ist und ich diese verbal auch so nicht gebrauche, mit keinem Wort lüge, sondern die Wahrheit schreibe. Meine persönliche Wahrheit über die Wahrnehmung meiner eigenen Person, die in meinen Augen von Grund auf gestört und eigentümlich ist. Ich wünschte, es wäre anders.

Wie sehr ich mich doch nach einem „normalen" Leben, Leichtigkeit und Freude sehne! Ich wäre so gerne frei und würfe allen Ballast von mir. Ich stelle mir vor, wie alles aus mir herausspringt, ja förmlich explodiert und ich vor Freude schreiend auf das grüne Gras falle und zum ersten Mal in meinem Leben spüre, wie schön und sanft sich jenes wahrhaftig anfühlt. Ich kenne selbstverständlich grünes Gras und liebe es, darüber barfuß zu laufen, wobei ich jedoch glaube, dass ich bei jedem Schritt, auch völlig unabhängig vom Untergrund, die nur allzu unerträgliche Last meiner finsteren Psyche im hinterletzten Winkel meines Körpers spüre und den Genuss in all seiner Reinheit niemals erleben konnte. So geht es mir mit vielen Dingen. Ich liebe es, sie zu tun, und freue mich im Vorfeld wie ein Schneekönig darauf. Dann tritt das ersehnte Ereignis jedoch ein und es geht einher mit einer unangenehmen Steife und Zwanghaftigkeit, sodass es eigentlich nichts als anstrengend ist. Ich bin nicht in der Lage, den wahren Genuss zu spüren, sondern male ihn mir im Grunde nur aus, indem ich mir die ganze Zeit suggeriere, wie schön es doch sei und wie sehr ich mich doch darauf gefreut hätte. Besonders schlimm sind diese Erlebnisse, wenn ich sie nicht alleine, sondern in Gesellschaft verlebe. Angenommen, es handelt sich um eine Feier, auf die ich mich freue. Da ich mich gerne fröhlich und positiv gebe, lasse ich möglichst viele an dieser Freude teilhaben, indem ich erzähle, wie schön die Feier doch werde und wie sehr ich sie herbeisehnen würde. Dies entspricht in diesen Momenten auch tatsächlich meiner wirklichen Empfindung. Wenn der Abend jedoch näher rückt und konkrete Konturen annimmt, sinkt meine Freude mehr und mehr und ich fange an, nach Möglichkeiten zu suchen, nicht hingehen zu müssen und mich somit aus der Affäre zu ziehen, ohne mich dabei aber lächerlich zu machen. Der Grund meiner Verhinderung soll glaubhaft sein und jeder soll mich bedauern, dass ich armes Wesen auf dieses Ereignis zu verzichten gezwungen bin. Manchmal ist es allerdings zu spät, um zu flüchten, obschon ich denke, dass es zur Flucht eigentlich fast nie zu spät ist. Es kann aber durchaus schon viel zu spät sein, um sich elegant und ohne große Peinlichkeiten aus einer Angelegenheit hinauszuschleichen. So komme ich also bisweilen notgedrungen mit und rede mir dann auch wieder ein, dass es ja auch eigentlich etwas gewesen sei, worauf ich mich die ganze Zeit gefreut hätte. Ich versuche an die Vorstellung, die mich ja auch tatsächlich hatte freuen lassen, anzuknüpfen und meine nur allzu kühnen Träumereien mit mir als demjenigen, mit dem man den größten Spaß haben kann, in die Wirklichkeit umzusetzen. Es ist nicht weiter verwunderlich, dass ich mich mehr oder weniger verstört benehme und niemand das Gefühl hat, mit mir Spaß haben zu können. Die eine Hälfte denkt, ich sei todlangweilig, während mich die andere für einen gestörten Versager hält. Da ich selbstverständlich immer mit einer der beiden Hälften in ihrer Meinung übereinstimme, versuche ich schließlich, möglichst bald der Situation zu entfliehen, die ich zuvor nicht zu umgehen vermocht hatte. Mit irgendwelchen fadenscheinigen Ausreden schleiche ich mich nun davon. Wenn man Mitleid mit mir hat, akzeptiert man meinen vorgegebenen Grund stillschweigend, obschon mein eigentlicher Antrieb nur allzu offensichtlich ist. Nach solchen Abenden fühle ich mich immer niedergeschmettert. An den Schamgefühlen aufgrund der Peinlichkeit meines Auftretens und dem Gefühl, das Leben verpasst zu haben, verzweifelnd, schotte ich mich in der Folge in der Einsamkeit ab, bevor ich mir aus Langeweile und neuem Elan, mich wieder zu blamieren, neue Fallen stelle.

Im Grunde jedoch wollte ich von etwas völlig anderem schreiben, und zwar von einem Bild, das seit einiger Zeit in meinem verwirrten Kopf sein Unwesen treibt. Nach all meinen schmutzigen Gedanken der jüngsten Vergangenheit werde ich die Vorstellung, dass auch Jules diejenige sein könnte, die untreu wird, nicht mehr los. Sie sich in einer solchen Situation auszumalen treibt mich in den Wahnsinn. Ich könnte durchdrehen, während ich mich gedanklich selbst fortwährend in solche Situationen begebe und diese mit einer ganz und gar anderen Musik unterlege. Betröge *sie* mich jedoch, hörte ich mit einem Schlag sie zu lieben auf, verachtete und hasste sie und verziehe ihr niemals. Ich würde ihr nichts mehr glauben und sogar einen Vaterschaftstest machen. Selbst wenn sie mir den Betrug unter Tränen und in tiefster Demut beichtete, hätte ich nichts als blanken Hass für sie übrig. Ich könnte ihn nicht verzeihen, weil ich ihn nicht zu vergessen imstande wäre. Obschon ich womöglich zu glauben vermöchte, dass so etwas nie wieder passieren wird, könnte ich die Erinnerung an das Geschehene nicht ertragen und ginge an ihr zugrunde. Folglich wäre das Festhalten an einer solchen Beziehung für mich nicht empfehlenswert, zumal ich mich bis in eine hasserfüllte Rachsucht hineinsteigern und vermutlich unheilbar erkranken würde. Lange Zeit erlitte ich Krämpfe allein der Erinnerung wegen und diese behielte ich bestimmt in jedem Falle. Nein, sollte ich betrogen werden, so glaube ich, dass ich sterben müsste.

Es geht mir schlecht, sehr schlecht, um ehrlich zu sein. Dies hat indes nicht mehr allzu viel mit den gerade eben geschilderten Gedanken zu tun, die sich inzwischen in ihrer elendigen Krankhaftigkeit auf etwas ganz und gar anderes konzentrieren. Wenn ich mich recht entsinne, schrieb ich bereits weiter oben von meinem scheußlichen Ekel vor Toiletten und meinem daraus resultierenden Waschzwang. Ich glaube jedoch, dass ich mit meinen im Vergleich zum Ausmaß der Problematik allzu harmlos gewählten Worten der tatsächlichen Tragik nicht gerecht geworden bin, sodass ich darauf von neuem zu sprechen kommen möchte. Wo auch immer ich stehe, sitze oder mich bewege, bin ich von unzähligen Gegenständen des Ekels umgeben. Ich ekle mich beispielsweise vor dem Ort, an dem sich die Toilette befindet, dem Bad. Dort hält man sich auf, wenn man mit der Toilette in Berührung kommt. Jedes noch so kleine Staubkörnchen ist womöglich mit den hier abgesonderten Fäkalien in Berührung gekommen und somit ihr Träger. Ferner könnte es sich bei ihm sogar tatsächlich um ein Ausscheidungsprodukt handeln. Auch das Waschbecken ist Objekt des Ekels, weil an dieses herangetreten wird, nachdem die Toilette besucht wurde. Die Türklinke ist das, was man eigentlich mit sauberen Händen anfasst. Es besteht jedoch kein Zweifel (und es ist sogar wissenschaftlich bewiesen), dass nicht alle Menschen nach ihren Toilettengängen das Waschbecken in Anspruch nehmen, sodass sie mit ihren nicht gesäuberten Händen Bakterien auf der Türklinke verteilen und anschließend die gesamte Umgebung damit beschmutzen. Bei solch einem Gedanken mag ich mich sogleich vor der ganzen Welt verschließen und mich in mein Schneckenhaus verkriechen, weil alles, einfach alles verseucht ist. Es gibt keinen sauberen Ort. Alles ist beschmutzt und das noch viel Schlimmere ist, dass ein jeder Gegenstand von Händen, die vor Toilettenschmutz triefen, nicht nur berührt worden sein kann, sondern vermutlich auch unvermeidlich berührt worden ist. Ich bin zwanghaft bemüht, den vielen Schmutz von mir zu waschen, von meinen Händen zu schrubben, um dann anschließend doch zu der Einsicht zu gelangen, dass es unfehlbar bedarf, die gesamte Kleidung abzustoßen und durch frische zu ersetzen. Freilich ist nach dem Ablegen der alten eine erneute Waschung notwendig, da sich der Schmutz durch diesen Akt ja auf die Hände übertragen hat. Nun habe ich aber infolge eines tiefen Misstrauens in mein allzu fragiles Wesen darüber hinaus immer noch die Angst, in beispielsweise hektischen Momenten möglicherweise zu vergessen, die letzte ekelhafte Partikel von meinen Händen abzuwaschen und so selbst zum Ekelträger zu werden. Ich schreie, ich trete, ich flehe nach einem Beweis, dass ich mich gewaschen habe und sauber bin. Ich glaube mir nicht. Ich habe es bestimmt unterlassen. Sicherlich habe ich mich auf die Probe gestellt und versucht, mich zu dem Abscheulichen zu überwinden, um es anschließend zu verdrängen. So wie sich der Schmutz in unsere allzu verseuchte Welt verteilt, vermehren sich auch die Zweifel an mir selbst und ich schreie nach Beweisen, die ich mir nicht zu liefern vermag. Die Angelegenheit ist zum Scheitern verurteilt, denn bei aller Anstrengung werde ich mir doch nicht glauben. Am meisten fürchte ich derweil den Schmutz an jenem Ort, den ich hier zum Schreiben aufsuche. Bevor es mir möglich ist, mich hier niederzulassen, achte ich vorher auf ganz besondere Sauberkeit vor allem meiner Hände.

Es ist allzu hässlich, was ich hier schreibe. Und doch kommt es an die eigentlichen Abscheulichkeiten meiner tatsächlichen Empfindungen nicht heran, die derart garstig sind, dass ich sie von Mal zu Mal weniger ertragen kann. Manchmal kratze ich mich und versuche, gewalttätig gegen mich zu werden, um meinem Treiben ein Ende zu setzen. Ich kreische verzweifelt und würde am liebsten meine jämmerliche Existenz zugrunde richten. Wäre es möglich, sich zu Tode zu waschen, so lebte ich schon lange nicht mehr. Eine solche Waschung hinter mich gebracht, habe ich das sehnsüchtige Verlangen nach Entspannung. Ich muss das Erlebte verdrängen, es bei der Erinnerung und dem Ergebnis belassen, dass ich mich gewaschen habe, und darf mich keinesfalls auf weitere Ausschweifungen einlassen, zumal solche nur zu Eskalation führen könnten, da sich dann das Karussell von neuem zu drehen begänne und mich zu weiteren Ekelschauern triebe. Es ist mir indes nicht möglich, darüber ausführlicher zu schreiben, da mich hier ein allzu widerwärtiges Gefühl durchfährt. Ich gehe ferner entschieden davon aus, dass ich mich ohnehin mit diesen meinen Aufzeichnungen nicht habe verständlich machen können. Vielleicht versuche ich es ja an anderer Stelle erneut.

Ich weiß nicht mehr weiter. Wenn ich mir vergegenwärtige, was ich hier niederschreibe, bin ich zutiefst beschämt. Ich habe mich sexuellen Gedanken (waren es nicht sogar Träume?) hingegeben, während Jules diejenige ist, die seit langer Zeit ganz und gar hinter mir steht und mich über alles liebt. Ist es nicht sie, die sich aufopferungsvoll um ihren Sohn, der auch meiner ist, kümmert? Ein halbes Jahr lang hat sie kaum eine Nacht durchschlafen können und kann es nach wie vor nicht, weil Jaro sehr bedürftig ist. Und trotzdem ihr Freund, der ja bekanntlich ich bin, seinen kranken Kopf seit einiger Zeit nicht unter Kontrolle hat und sich in einem äußerst erbärmlichen Zustand präsentiert, ist sie für mich da, wann immer ich es zulasse. Sie beschimpft mich nicht. Mitunter ist sie etwas übernächtigt und infolgedessen gereizt. Ich kann das sehr gut nachvollziehen, sind doch auch mir jene Nächte ein Graus, die durch ständiges Gejammer regelmäßig unterbrochen werden. Und das morgendliche Erwachen ist ein entsetzliches, wenn es draußen noch stockfinster und bitterkalt ist und der Glockenturm, der seinen Dienst um sechs Uhr antritt, noch ruht. Jaro dagegen ist wach, hellwach und möchte nicht im Bette bleiben. Ich hatte immer ein Problem mit dem frühen Aufstehen und mitunter den Eindruck, dass ich dazu trotz größter Anstrengungen nicht fähig bin. Bei der Vielzahl meiner Krankheiten wäre dies nicht allzu sehr verwunderlich.

Aber nun genug mit diesem endlosen Geschwätz! Was ich im Grunde zu sagen beabsichtige, ist, dass ich, der ich mich im Übrigen für einen außerordentlichen Egoisten halte, derzeit zu rein gar nichts in der Lage bin. Ich irre den ganzen Tag mit meinem wirren, von schändlichen Gedanken schweren Kopf durch die Welt und bin krampfhaft bemüht, eine Art Leben zu führen. Es ist jedoch vielmehr ein alltäglicher Kampf gegen den Ekel an allen Ecken und der klägliche Versuch, nicht in den Zwangshandlungen zu ertrinken, die mich voll und ganz eingenommen haben und zu zerstören suchen. Ich gebe mich mitunter in vielen Situationen sehr entblößt, obwohl ich stets Wert auf meinen Eindruck zu legen pflegte. Man mag dies nicht unbedingt glauben, wenn man bedenkt, wie peinlich ich schon immer war. Dennoch brauche ich mir hinsichtlich meiner Bemühungen keine Vorwürfe zu machen. In letzter Zeit jedoch vermag ich unglücklicherweise keine noch so winzige Empfindung in meiner verletzten Seele verborgen zu halten. Die kleinste Verzweiflung bahnt sich ihren Weg an die Oberfläche und entfaltet sich in einem scheußlichen Krampf, der mich erbärmlich wie ein Wurm fühlen lässt. Ich winde mich zum Teil auf dem Boden, schluchze mitunter kreischend wie ein Weib und lasse Tränen in hoher Frequenz fließen. In der Öffentlichkeit vermeide ich selbstverständlich um jeden Preis einen solchen Skandal, wenn auch gleichfalls unter Krampf. Zu Hause aber und vor allem in Jules' Anwesenheit bietet sich immer wieder Raum für diese schrecklichen Szenarien, sodass wir kürzlich die Entscheidung getroffen haben, es trotz unserer gemeinsamen Wohnung vorerst dabei zu belassen, nicht miteinander zu leben. Ich bin viel zu krank, als dass dies möglich wäre, wobei ich allerdings davon überzeugt bin, grundsätzlich zu keinerlei Zusammenleben fähig zu sein. Ein solches stellte für mich schon immer eine große Herausforderung dar und gestaltete sich stets äußerst unschön. Nein, um der Wahrheit gerecht zu werden, muss ich tatsächlich einräumen, dass es ganz und gar nicht angenehm ist, mit mir zusammenzuwohnen. Dennoch haben wir uns dazu während Jules' erster Schwangerschaft entschieden und seitdem in einigen Wohnungen gelebt, die aus unterschiedlichen Gründen aber sehr bald nach ihrem Bezug wieder von uns verlassen wurden. Aus unserer letzten Wohnung zogen wir schließlich aus, weil diese unter einer nachträglich ausgebauten Dachgeschosswohnung mit uraltem Dielenboden gelegen war und ich an den permanenten Schritten und Poltergeräuschen zugrunde ging. Im Studentenwohnheim, in dem unsere derzeitige Wohnung gelegen ist, sollte alles anders werden, zumal uns bei der Besichtigung zugesichert wurde, dass hier nichts von den Nachbarn zu vernehmen sei. Folglich gingen wir davon aus, dass wir fortan unsere Ruhe haben würden. Daran, uns möglicherweise zu täuschen, dachten wir nicht und freuten uns auf die neue Wohnung, bevor die Aufdeckung der wahren Gegebenheiten das erste war, was mich erschüttern und verzweifeln ließ und unser Familienglück endgültig in Gefahr brachte.

Und in solch einer Lage rede gerade ich, durch den all diese Zerstörung um sich geschlagen hat, von jugendlichen Gefühlen und Liebesabenteuern mit einer mir unbekannten Person. Wie hässlich und unfassbar das doch ist! Immerhin ist es mir nun, nachdem einige Zeit verstrichen ist, seit sich jene Begegnung ereignete, die meine Gedanken rücksichtslos verdarb, aufrichtig zu sagen möglich, dass sich inzwischen all diese hitzigen und irrsinnigen Gefühle in Luft aufgelöst haben und nur noch ihr fieser Nachgeschmack übrig geblieben ist. Ein Nachgeschmack, den ich ohne schlechtes Gewissen verdrängen oder gar leugnen könnte, hätte ich mich nicht hier an dieses Dokument begeben und all meine Gefühle und Gedanken offenbart. Schwerer ist es, sich von schändlichen Gefühlen zu befreien, wenn man sich zuvor mitgeteilt hat, in welcher Form auch immer. Ich sehe jedoch keinen Sinn darin, mich auch Jules damit zu zeigen und ihr Schmerz zuzufügen, zumal weder etwas vorgefallen ist noch vorfallen wird. Ich habe meine Empfindungen erkannt, sie geprüft und anschließend allein durch mich selbst erkannt, dass alles nur konstruiert war, eine mir selbst geschaffene Lüge, um neben all der starren Zwanghaftigkeit, die mich zu umklammern nicht aufhört, etwas Lebendigkeit zu empfinden.

Ich lasse mich indes jedoch immer wieder zu dem Irrglauben hinreißen, dass ein jeder eine Periode sexueller Freiheit und Ausgelassenheit durchleben muss, die in meiner Historie aber bisher völlig ausblieb, weshalb es mich oft zu meinen drängt, ich hätte etwas verpasst, was es für mich dringend nachzuholen gelte. Ich bilde mir wohl auch ein, dass ich in einer solchen Periode mein scheinbar unersättliches Bedürfnis nach äußerer Bestätigung befriedigen könnte und mich anschließend geliebter und begehrter fühlen würde. Mir ist derweil mit aller Klarheit bewusst, dass ich an dieser Stelle einem gewaltigen Irrtum unterliege. Ich richtete nur allzu großen und irreparablen Schaden an, wenn ich dem selbigen folgte und mich in fremden Betten herumtriebe. Und doch bleibt dieser scheinbar unvergängliche, tiefe Wunsch zurück, obgleich ich ihn für falsch und schändlich befinde, und äußert sich bisweilen in solch peinlichen und unangebrachten Empfindungen, wie ich sie weiter oben beschrieben habe.

Ich möchte nun davon schreiben, wie ich vor etwas mehr als zwei Jahren die Mutter meines Sohnes kennen lernte, die damals mit mir dieselben Veranstaltungen an der Universität besuchte. Irgendwann einmal waren wir mit mehreren Kommilitonen zwischen zwei Unterrichtseinheiten in einem Café und sie erzählte von ihrem damaligen Freund. Seinetwegen war sie kurz zuvor hierher nach Bonn in die Stadt gekommen, in der ich geboren wurde und in deren näherem Umfeld ich meine gesamte Kindheit verbracht hatte, um nach meinem Auszug aus der Wohnung meiner Mutter fortan möglichst zentrumsnah zu wohnen und dementsprechend mobil zu sein. Jules hatte zuvor im Norden in Göttingen gelebt und dort etwas anderes studiert. An die Beziehung mit ihrem Freund glaubend, war sie voller Hoffnung nach Bonn gekommen, bevor sie bald bitter enttäuscht und mit einem

Hass auf ihre neue Heimatstadt zurückgelassen wurde. Kurz vor Weihnachten, als sie gerade getrennt war, trafen wir uns zufällig in der Bahn und hatten eine sehr schöne Begegnung. Als das neue Jahr begonnen hatte und die Klausurphase anstand, begegneten wir einander häufiger in der Bibliothek. Später begannen wir uns dort zu verabreden. Ich spürte, dass da eine gewisse Spannung zwischen uns war, und fing an, darüber nachzudenken, ob ich mich in sie verliebt hatte. Allerdings gab es noch eine andere Frau, eine ihrer Freundinnen, zu der ich mich ebenfalls hingezogen fühlte. Schließlich war es jedoch Jules, die mich nach der letzten Klausur auf einem kleinen Umtrunk bei sich zu Hause verführte und auch fortan diejenige war, die den Kontakt zu mir suchte. Ich merkte, dass sie es ernst meinte, und verspürte eine große Unsicherheit, befand ich mich doch damals noch weit mehr in dem oben beschriebenen Irrglauben. Ich hatte mir vorgenommen, nach meinen zahlreichen gescheiterten Verliebtheiten diesem ganzen Theater ein Ende zu setzen und mit einer Beziehung zuzuwarten. Doch Jules war ziemlich hartnäckig und machte ihre Absichten recht bald nur allzu deutlich. Trotz meiner Unsicherheit folgte ich schließlich meinen Gefühlen für sie und ließ mich auf eine partnerschaftliche Verbindung ein, die sich von Anfang an äußerst schwierig gestaltete, zumal Jules noch sehr unter der Trennung von ihrem früheren Freund litt. Ich hatte die beständige Empfindung, dass sie keineswegs offen für eine neue Beziehung war, zumal viel schlimmer noch mich die Befürchtung quälte, jederzeit wieder gegen ihre vorherige Liebe eingetauscht zu werden. Im Nachhinein ist mir schier unverständlich, wie ich früher dazu neigen konnte, mich stets auf solche Unwägbarkeiten und vorprogrammierten Katastrophen einzulassen. Doch dieses Mal sollte es gut gehen. Wir verbrachten beinahe unsere gesamte freie Zeit zusammen und sie gab sich große Mühe, mich in ihre Familie zu integrieren. Vor allem aber tat sie eins, was sie mich sehr lieb gewinnen ließ. Sie zeigte sich nämlich stark von ihrer verletzlichen Seite, worin man in meinen Augen die wahre Schönheit eines Menschen zu erkennen fähig ist. Ich hingegen verwandte damals große Mühe darauf, mich selbstsicher und lebensfroh zu zeigen. Dies entsprach auch tatsächlich dem, was ich zu leben beabsichtigte, spiegelte aber keineswegs meinen wirklichen Gemütszustand wider.

Ich sehe mich derweil gezwungen, an dieser Stelle meine Aufzeichnungen über die Entwicklung der Beziehung mit Jules abzubrechen und einem Gedanken weichen zu lassen, der seit neuester Zeit durch meinen kranken Kopf schwirrt. Ich werde später zu den Ausführungen über meine Beziehung zurückkehren, sollte mir dies denn angebracht erscheinen. Doch nun zum Aktuellen: Ich möchte alleine sein. Ich möchte alleine leben und fühle mich keineswegs imstande, mir in absehbarer Zeit die erforderliche Kraft und den notwendigen Willen beizubringen, mich dem mir auferlegten Schicksal unfehlbar zu fügen. Ich bin wie ein kleines Kind, das unschuldig in seinem Zimmer sitzt und sehnsüchtig darauf wartet, dass das Leben endlich beginnt. Ein Freiheitsdrang macht sich in mir breit, der lediglich durch meine permanente Unsicherheit und Verwirrung aufgehalten wird, weil ich in meiner Verzweiflung derzeit wie gelähmt zu sein scheine. Ich stehe unter einem enormen Druck und gehe wahnwitzig davon aus, mich unbedingt verwirklichen zu müssen, wobei ich doch so kläglich scheitere. Ich bin nicht einmal fähig, zu meinen vier Unterrichtseinheiten zu gehen, diesen sechs Zeitstunden wöchentlich, die mein harter Studentenalltag hergibt. (Meinem Jura-Studium habe ich beschlossen vorerst den Rücken zu kehren.) Stattdessen gebe ich mich meinen Träumereien hin und spinne in meinem verrückten Kopf irrsinnige Ideen aus. Ich ziehe mich zurück in eine Welt von

Illusionen und fürchte mich mehr und mehr vor der allzu herausfordernden Realität. Ja, ich schäme mich meines Daseins, ich schäme mich dessen wirklich, vermag jedoch in meinem gegenwärtigen Zustand nicht dagegen anzugehen. Ich möchte kein Vater, kein fester Freund, kein fleißiger Student sein. Ich möchte ein Egoist sein und mich wilder Freiheit und unvergesslichen Abenteuern hingeben. Ich möchte in zahlreichen denkwürdigen Situationen, die sich nur infolge zügelloser Ausgelassenheit ergeben können, eine nicht allzu unbedeutende Rolle spielen. Das ist meine verdrehte Vorstellung von Leben, der sich mein fragiles Wesen angesichts seiner allzu großen Anfälligkeit für krankhafte Anwandlungen im Großen und Ganzen ergibt. Der Waschzwang und meine Neigung, Geräusche als bedrohlich zu empfinden, sind Ausdruck seiner Hilflosigkeit. Nur wenn ich mir meine allzu frechen Gedanken vergegenwärtige, sie gewissermaßen gedacht zu werden zulasse, tritt Entspannung ein und ich vermag mitunter auch das Waschen deutlich besser zu ertragen. Es scheint mir daraus folgern zu können, dass ich mit meinen neurotischen und äußerst schmerzvollen Angewohnheiten die abscheulichen Gedanken, die in meinem Wesen verborgen liegen, zu verdecken suche, weil eine Aufklärung der selbigen nur allzu tiefgreifende Veränderungen zur Folge haben könnte. Allein der Gedanke an einen weiteren Umzug, der der vierte in gut anderthalb Jahren werden könnte, ist mir zuwider, ganz zu schweigen von der außerordentlichen Hässlichkeit, mit der sich Trennungen für gewöhnlich vollziehen. Nein, eine Trennung kann eigentlich nur dann infrage kommen, wenn keine Liebe mehr da ist, aber so ist es in meinem Fall nicht. Ich liebe Jules, ich liebe Jaro und wünsche mir von ganzem Herzen, dass es den beiden gut geht. Vor allem aber wünsche ich mir für mein Kind einen Vater, weil ich weiß, wie es ist, keinen zu haben. Ich liebe meine Familie und habe doch so konträre Vorstellungen von meinem Leben, mit denen eine solche ganz und gar unvereinbar erscheint.

Es wäre richtig, sich die Flausen aus dem Kopf zu treiben und zur Vernunft zu kommen. Doch dies ist ein schwierigeres Unterfangen, als man es sich wohl vorstellen wird. Ich bin dazu jedenfalls scheinbar nicht imstande. Und so bleibt die Verzweiflung, diese endlose Qual. Ich weiß weder ein noch aus und finde auf all die vielen Fragen, mit denen ich mich konfrontiert sehe, keine befriedigenden Antworten. Ich sehe vor lauter Fragezeichen keinen Weg, der mir gangbar erscheint. Einen jeden empfinde ich als zu gefährlich, zu feindselig, sodass nur die Ausweglosigkeit und der Rückzug in mein Schneckenhaus übrig bleiben, die Ohnmacht sozusagen. Es ist schwer, sich daraus zu befreien, denn infolge eines natürlichen Entspannungsbedürfnisses gibt man sich ihr nur allzu leicht und vor allem mehr und mehr hin. Ich muss gestehen, dass ich mit einer Trennung bisweilen liebäugele. Die Vorstellung, die Beziehung zu beenden, fühlt sich mitunter wie eine Erlösung von dem ganzen empfundenen Schmerz an, wie eine Befreiung. Und doch wage ich diesen Schritt nicht, weil ich zu genau weiß, dass er ganz und gar falsch wäre. Ja, in jeder Hinsicht falsch und einfach nur gemein! Und die dadurch entstehende Empfindung, meine Freiheit wiedererlangt zu haben und mich infolgedessen voll und ganz meinen schändlichen Trieben hingeben zu können, würde nicht lange währen. Eine Trennung erwiese sich als allzu kurzsichtig und dann wäre alles verloren, alles zugrunde gerichtet durch meinen unwiderruflich grausamen Entschluss. Ich beginge einen außerordentlich großen Fehler. Und doch treibt es mich im Moment in diese Unheil verheißende Richtung. Ich fühle mich sehr schwach und glaube mitunter, diese ungelösten Zustände nicht mehr lange Zeit ertragen zu können.

Ich habe den Eindruck, dass eine große Katastrophe unfehlbar eintreten wird. Der Zeitpunkt ist unbestimmt, aber sie wird in jedem Falle zuschlagen. Vielleicht heute noch oder morgen. Vielleicht aber auch erst kommende Woche oder nächsten Monat. Ich befinde mich in einem Zustand beständiger Ungewissheit und vermag der Spannung nicht standzuhalten. Ich bin zu gelähmt, um die Katastrophe noch abzuwenden, zu schwach, um mich mit aller Gewalt dagegenzustemmen. Ich bin ein stiller Beobachter, doch sitze leider selbst mittendrin. Die Katastrophe wird mich unvermeidlich treffen und ihre Konsequenzen sind ganz und gar unvorhersehbar, grauenhaft allerdings in jedem Falle.

Zweites Kapitel: Eifersucht

Es ist etwas her, dass ich zuletzt hier saß und mich dem Schreiben hingab. Ich war verhindert und gar nicht zu Hause, sodass es mir unmöglich war, meine Aufzeichnungen fortzusetzen. Gewiss wäre es denkbar gewesen, an dem Ort, an dem ich mich aufhielt, weiterzumachen. Ich hatte sogar einen Block dabei, war schließlich aber doch zu faul, einen Stift in die Hand zu nehmen. Zu sehr bin ich derweil daran gewöhnt, hier an diesem Ort, der mir so vertraut ist, die Schreiberei zu praktizieren. Ich möchte davon erzählen, wo ich gewesen bin und was ich dort erlebt habe. Ja, es ist einiges geschehen, wovon zu schreiben es mich drängt.

Gemeinsam mit Jules habe ich an einem fünftägigen Selbsterfahrungskurs im Rahmen eines in regelmäßigen Abständen stattfindenden Trainings teilgenommen. Dabei handelt es sich um eine spirituelle Therapie, die dazu dient, sich selbst besser kennen zu lernen, die Wunden der Vergangenheit aufzudecken und mithilfe eines tiefen Loslassens zu einer glücklicheren Lebensweise zu gelangen. Jedes Seminar steht unter einem anderen Thema, wobei jedoch gewisse Strukturen wie beispielsweise Meditationen am Morgen und Abend eingehalten werden. Es gibt insgesamt ungefähr vierzig Teilnehmer, von denen allerdings jedes Mal der ein oder andere aus beruflichen oder anderen Gründen verhindert ist. Während der Seminare ist die Bereitschaft zu einem engen Miteinander erforderlich, zumal gemeinschaftlich in Schlafsälen dicht an dicht übernachtet wird, was mir anfangs ein Graus war. Seit der Geburt unseres Sohnes jedoch haben wir die Möglichkeit, in einem zum Seminarzentrum gehörigen Gasthaus ein eigenes Zimmer zu beziehen, so wie dies auch anderen Teilnehmern möglich ist, die einen triftigen Grund haben, die Nächte nicht im Schlafsaal verbringen zu können. Ich zog es dieses Mal jedoch vor, mit den anderen gemeinsam zu übernachten und Jules und Jaro das Zimmer zu überlassen, da mir das Gasthaus allzu wider ist. Es ist außerordentlich hässlich und hellhörig. Darüber hinaus ist es von einem fürchterlichen Gestank erfüllt und ziemlich schmutzig. Vor allem die Toiletten, die in Räumen von Besenkammergröße installiert wurden, widern mich zutiefst an. Ferner empfinde ich die Energie in diesem Haus als sehr unbehaglich, sodass ich bereits vor einiger Zeit beschlossen habe, mich künftig der Mehrheit anzuschließen und in der Gruppe zu übernachten, zumal dadurch ein besseres Ankommen in der selbigen möglich ist. Außerdem stellt es einen gewissen Abstand zu Jules her, der wohltuend ist, weil wir nur allzu sehr dazu neigen, uns von den anderen abzukapseln. An dieser Stelle sei erwähnt, dass wir grundsätzlich die Tendenz haben, uns sehr stark aufeinander zu konzentrieren und alles andere dabei aus den Augen zu verlieren. Diese enge Symbiose macht den Kontakt zu anderen schwer, zumal wir beide große Angst davor haben, uns gegenseitig loszulassen.

Ich muss ferner zu meiner Schande gestehen, dass ich ein sehr eifersüchtiger Mensch bin und Jules nur sehr ungern und lediglich in zwingend notwendigen Situationen unbeobachtet lasse. Ja, ich bin geradezu panisch und leide unter permanenten Schweißausbrüchen, wenn sie einem anderen Mann nahe kommt, was bei den Seminaren aufgrund der starken Körperlichkeit der Übungen und der hier gelebten Emotionen bisweilen der Fall ist. Als Beispiel sei das Ritual angeführt, dass mehrfach am Tag getanzt wird, und das zum großen Teil auch miteinander. Selbstverständlich tanzen vorzugsweise Mann und Frau, sodass es mitunter vorkommt, dass auch Jules von einem männlichen Teilnehmer zum Tanz aufgefordert wird. Ich könnte dann immer ausrasten und verhalte mich ihr gegenüber anschließend äußerst ekelhaft, weil ich mich betrogen fühle. Ja, ein simpler Tanz vermag in meinem eifersüchtigen Kopf die hässlichsten Betrugsszenarien hervorzurufen. Dies erscheint wohl angesichts der Schilderungen meiner blühenden Fantasien hinsichtlich eigener erotischer Unternehmungen sehr widersprüchlich. Man könnte meinen, dass es mir nicht zustehe, Jules für einen Tanz oder eine Umarmung mit einem anderen Mann zu verurteilen und anschließend zu ignorieren, so wie ich es oft zu tun pflege, da ich nur allzu genau weiß, dass ich sie mit einem solchen Verhalten zur verzweifelten Raserei treiben kann. Im Vorfeld dieses aktuellen Seminars stellte ich mir in meiner Eifersucht ein paarmal vor, sie im Gasthaus zu besuchen und mit einem anderen Teilnehmer bei einem leidenschaftlichen Abenteuer zu erwischen. In meinen Gedanken dachte ich dabei immer an einen ganz bestimmten jungen Mann, der denn auch eine wichtige Rolle spielen sollte. Aber dazu gleich mehr.

Das Thema diesmal war Körperdiagnose. Ich werde versuchen, auf genauere Ausführungen über die verschiedenen Körpertypen zu verzichten, da ich keinen Wert auf irgendeine Sachlichkeit lege. Nachdem ich bereits am ersten Tag als jemand mit einem typisch schizoiden Körperbau identifiziert wurde, ging es am zweiten Tag darum, den oralen Typus zu erforschen, bei dem das Sexualchakra im Blickpunkt steht. Sowohl die Frauen als auch wir Männer wurden dazu aufgefordert, uns zu derjenigen Person zu stellen, die wir begehrten. Ein grausiges Thema für mich, der ich sogleich das Messer in meinem Rücken fürchtete und damit rechnete, dass sich Jules für einen anderen entscheiden würde. Dem war aber glücklicherweise nicht so und sie stellte sich direkt zu mir, womit die Situation vorerst glimpflich bereinigt worden war. Doch dann geriet ich schließlich in Eifersucht, als wir im nächsten Schritt eingeladen wurden, für unsere Bedürfnisse zu gehen und zu tun, wonach auch immer uns war. Nun geschah es, dass Jules ausgerechnet an den herantrat, mit dem sie mich in meinen erschreckenden Fantasien mehrfach im Gasthaus betrogen hatte, und ihn in den Arm nahm. Ich spürte das Messer in meinem Rücken und mir stockte der Atem. Ich war weder fähig, meinen Blick abzuwenden noch selbst in einen Kontakt zu gehen, zumal mir dazu nicht ansatzweise der Sinn stand. Aggression kam in mir auf, ich fühlte mich betrogen, gedemütigt in aller Öffentlichkeit. Gleichzeitig stand ich alleine da und fühlte mich einsam, weil niemand an mich herangetreten war. Mich durchfuhr ein Ekel und ich setzte mich abseits der Gruppe ans Fenster. Die Umarmung dauerte eine gefühlte Ewigkeit an, in der ich drohte, vor lauter Wut durchzudrehen. Ich sah meinen Albtraum bestätigt und glaubte zu wissen, dass Jules einen anderen begehrte. Ich würdigte sie später keines Blickes und sprach in der Mittagspause kein Wort mit ihr. Lediglich hasserfüllt und von oben herab vermochte ich sie anzuschauen.

Mehr jedenfalls hatte ich nicht für sie übrig. Zu meinem Leid sprach Jules meine abweisende Haltung ihr gegenüber am Nachmittag in der Gruppenbesprechung an, und so wurde ich nun genötigt, meine Meinung in aller Deutlichkeit zum Ausdruck zu bringen. Lang und breit tat ich in kindlich-aggressiver Weise kund, dass mich diese ständigen Körperkontakte zutiefst anwiderten, und wehrte mich ferner mit Händen und Füßen dagegen, die grundsätzliche sexuelle Energie zwischen Mann und Frau zu akzeptieren. Dies ging mir denn doch entschieden zu weit. Ich war empört, dass kurz zuvor von einigen männlichen Gruppenteilnehmern geäußert worden war, dass sie während der Umarmungen sexuell erregt gewesen seien, auch wenn ich zur Verteidigung desjenigen, zu dem Jules gegangen war, anmerken muss, dass er von einer solchen körperlichen Reaktion nicht gesprochen hatte. Die Vorstellung allerdings, dass jemand mit erigiertem Genital meine dabei womöglich ebenfalls mit Wollust in Berührung kommende Freundin im Arm hielt, erfüllte mich mit ungeheurem Ekel und es erschien mir unvorstellbar, dies als ganz natürlich hinzunehmen. Nein, *meine* Freundin hatte nur für mich sexuelle Gefühle zu hegen.

Ganz besonders schlimm für mich war aber vor allem die Entdeckung, dass auch ich mich zu demjenigen, auf den ich rasend eifersüchtig war, auf sonderbare Art und Weise hingezogen fühlte. Wenn ich ehrlich bin, stellte ich fest, dass gerade *ich* ihm gegenüber ein starkes Begehren empfand und mich für meine Gefühle schämte. Mit dem quälenden Eindruck, allein mit meinen homoerotischen Gefühlen dazustehen, rief jeder Blick in das Gesicht dieses jungen Mannes in meiner Seele Eifersucht und Begierde gleichzeitig hervor. Er regte mich wahrhaftig auf.

Am nächsten Tage, als ich das Schweigen mit Jules brach, nachdem sie als manipulativ psychopathischer Körpertyp auf die „Bühne" getreten und später in Tränen ausgebrochen war, versicherte sie mir mehrfach auf durchaus glaubwürdige Art und Weise, dass ihre Empfindungen dem personifizierten Störfaktor gegenüber, zu dem sie, für ihre Bedürfnisse gehend, mit offenen Armen gelaufen war, rein freundschaftlicher Natur seien. Dass sie mit ihrer Umarmung keine Begierde zum Ausdruck gebracht habe und ich folglich nicht besorgt sein müsse. Selbstverständlich kehrten mein Misstrauen und meine Eifersucht umgehend zurück, als das Gespräch beendet war und wir wieder in die Gruppe gingen.

Am letzten Abend sollte es schließlich zu einem emotionalen Ausbruch zwischen Jules und mir kommen. Beim Abendessen, das wie gewöhnlich im Rahmen einer Abschlussfeier begangen wurde, setzte sie sich neben den entzückenden jungen Mann, von dem ich hier die ganze Zeit aufgebracht berichte. Ich nahm ihnen gegenüber ein paar Stühle weiter Platz und beobachtete die angeregte Unterhaltung der beiden. Ein tiefes Ekelgefühl durchfuhr mich. Eifersucht machte sich in mir breit. Ich versuchte, mich konstruktiv zu geben, meinem Gefühl nicht Ausdruck zu verleihen, sondern mich den Feierlichkeiten zu entziehen. Ich hatte ohnehin den ganzen Tag widerwärtige Bauchschmerzen gehabt, weshalb ich nun beim Abendessen auch den Alkohol mied. Ich entschied, mich mit einer Wärmflasche ins Bett zu legen. Als ich in der Küche beim Wasserkocher stand, trat prompt Jules an mich heran. Sie beschwor erneut, dass ich nicht eifersüchtig zu sein brauchte. Doch ich war rasend vor Eifersucht und eröffnete ihr, dass ich ihr überhaupt nicht vertraute. Es entstand ein Streitgespräch, das damit endete, dass sich unser Sohn über das Babyphone meldete und wir im Zwist auseinandergingen.

An meinem Schlafplatz angekommen, fühlte ich mich überhaupt nicht wohl. Es war warm und mit der Wärmflasche an meinem Körper hatte ich die Empfindung zu verbrennen. Ich ging hinaus an die frische Luft und spazierte ein wenig, bevor mich ein Anfall von Paranoia ergriff. In einem weiteren zum Seminarzentrum gehörenden Gebäude, das nie verschlossen ist und bisweilen leer steht, schlich ich durch die einzelnen Räume und befürchtete, meinen Albtraum, betrogen zu werden, realisiert zu sehen. Am Abend zuvor hatte ich selbst mich auf meine eigene Idee hin hierher mit Jules begeben, wo ich mit ihr geschlafen hatte. Nun hatte sich meine kranke Fantasie unglücklicherweise zusammengesponnen, dass nun sie sich, da sie mit mir im Streit lag, diese von mir entdeckten Räume zunutze machen und ihrerseits mit ihrem vermeintlichen Verehrer hierhin gegangen sein könnte, um sich ihm leidenschaftlich hinzugeben. Ich kam mir vor wie ein Irrer, wie ein unter Halluzinationen Leidender. Nachdem ich mich davon überzeugt hatte, dass sich niemand außer mir in diesem Gebäude befand, beendete ich meine peinlichen Detektivspielchen und nahm draußen auf einer Bank Platz, um meiner wirren Gedanken gewahr zu werden. Schließlich kam eine sehr gut befreundete Gruppenteilnehmerin auf mich zu und ich vertraute mich ihr an, nachdem sie sich neben mich gesetzt hatte.

Wenig später stürmte Jules aus dem Seminarzentrum, völlig aufgelöst und in Tränen. Ich ging zu ihr und wir gerieten sogleich in ein aggressives Gespräch. Sie drehte sich bald um und war im Begriff, der Situation zu entgehen, als sie denn aber doch auf dem Absatz kehrtmachte, Anlauf nahm und mich mit all ihrer verzweifelten Kraft schubste. Sie rastete völlig aus, war sich aber wohl bewusst, dass sie Abstand nehmen sollte, sich gewalttätig gegen mich, der ich zunächst in Schock geriet, zu zeigen. Sie richtete schließlich ihre ganze Wut gegen sich selbst und begann, sich ins Gesicht zu schlagen, wobei sie ins Taumeln geriet. Endlich konnte ich mich aus dem Schock befreien und sie zurückhalten, sich noch mehr anzutun. Nachdem sie zur Besinnung gekommen war, redete sie von der Notwendigkeit, sich zu trennen. Auch ich empfand dies angesichts der jüngsten Geschehnisse als überaus angebracht, ja sogar gewissermaßen unumgänglich. Ich realisierte, dass ich mit meiner Eifersucht zu weit gegangen war, doch auch Jules hatte mich, der ich versucht hatte, das für mich Beste aus der Situation zu machen, nicht gelassen. Und das, was sich hier auf dem feuchten Boden vor dem Seminarzentrum zwischen uns zugetragen hatte, hatte gewiss nicht als beste Liebesszene hergehalten. Jules ging schließlich wieder, entfernte sich sogar recht weit, bevor sie erneut kehrtmachte, schluchzend zu mir zurücklief und sich mir um den Hals warf. Sie entschuldigte sich leidenschaftlich und gab sich die Schuld an allem. Doch auch dieser Gefühlsausbruch wich wenig später trockener Nüchternheit über die unmittelbar bevorstehenden Konsequenzen. Ich begleitete sie auf ihr Zimmer ins Gasthaus, wo Jaro auch schon wieder wach war und weinte. Ich verweilte nicht lange und verließ die beiden wenig später in Richtung Seminarzentrum, um meinen Schlafplatz aufzusuchen und mich zur Nachtruhe zu begeben. Ich schämte mich für das Geschehene. Ich wusste nicht, inwieweit die anderen Teilnehmer von unserem Streit Kenntnis genommen hatten. Kurz bevor Jules aus dem Seminarzentrum gestürzt kam, hatte sie im selbigen durch Heulkrämpfe nur allzu deutlich zu verstehen gegeben, dass etwas nicht in Ordnung war. Zu meiner Abwesenheit dürfte sich der ein oder andere seinen Teil gedacht haben. Ferner hatte sie Stühle umgeworfen, die vor dem Seminarzentrum standen. Ich hatte dies zuvor in meinem Schock nicht wahrgenommen, bemerkte es jedoch nun auf dem Rückweg.

Im Waschraum wich ich beschämt den Blicken der anderen aus und begab mich anschließend unverzüglich zu meinem Platz, wo ich mich im Schlafsack verkroch. Es war mir nunmehr möglich, über das Geschehene auch sachlich nachzudenken. Ich muss gestehen, dass ich mir durchaus bereits schon während der insgesamt doch eher erschreckenden Vorkommnisse ein gelegentliches Schmunzeln nicht hatte verkneifen können. Obgleich ich es mit Worten nicht zu erklären vermochte, empfand ich doch in gewisser Weise, dass Jules und ich uns ganz und gar entsprechend unserer jeweiligen Körpertypen verhalten hatten. So hatte zumindest ich, der ich mich ja schließlich im Verlaufe des Seminars als schizoider Typus herausgestellt hatte, die für diesen typische Todesangst beziehungsweise Furcht vor Gewalt überhaupt sehr deutlich gespürt und war zunächst in Schock geraten. Danach hatte ich mich aus meiner Lähmung befreit und war versucht gewesen, die Situation zu befrieden. Doch wie sollte es nach dieser Nacht weitergehen?

Am nächsten Morgen begegneten Jules und ich uns freundschaftlich. Wir saßen beim Frühstück nebeneinander und sprachen über dies und das. In der anschließenden Gruppenbesprechung hatten wir beide etwas zu sagen. Ich war der erste, der zu Wort kam, und schilderte, was am Abend zuvor geschehen war. Mir ging es vornehmlich darum, meine Schamgefühle mitzuteilen. Ich fühlte mich gewissermaßen schuldig, hatte ich mich doch ohne ein Wort umgehend nach dem Essen entfernt und die anschließenden Streitigkeiten provoziert. Vor allem aber schämte ich mich meiner grausamen Eifersucht infolge eines harmlosen Tischgespräches. Keiner vermochte wohl zu erahnen, dass durchaus noch ein anderer Grund hinter meinem baldigen Abgang von den Feierlichkeiten gestanden hatte. Ich war für mein Bedürfnis gegangen, als ich mit Ruhe und Wärme auf meinen schmerzenden Bauch reagiert und mich der ausgelassenen Stimmung entzogen hatte. Im Laufe des Tages war mir während einer so genannten offenen Aufstellung, auf die zu erläutern ich hier verzichte, plötzlich verständlich geworden, weshalb mich so oft starke Bauchschmerzen quälten. Mir war bewusst geworden, dass ich das einem jeden Menschen innewohnende natürliche Ausscheidungsbedürfnis angesichts meines Ekels, der mich einen jeden solchen Akt in quasi atemloser Panik ausführen ließ, nicht in genügendem Umfang befriedigte und dementsprechend nicht die erforderliche Entspannung eintreten konnte. Durch die permanente Anspannung im Bereich von Magen und Darm war mein Leiden unumgänglich. Ich hatte erkannt, dass ich mich mit Liebe und Zärtlichkeit dieser Anspannung annähern musste, um sie nach und nach aufzulösen und mich infolgedessen vom Schmerz zu befreien.

Obschon es mir äußerst widerwärtig erscheint, davon zu schreiben, muss ich doch an dieser Stelle einräumen, dass ich grundsätzlich krampfhaft bemüht bin, mein Ausscheidungsbedürfnis zu kontrollieren. Ich versuche, jeden Toilettengang adäquat in meinen Alltag zu integrieren, und lasse meinen wahren Bedürfnissen in dieser Hinsicht keinerlei Freiheit. Der Akt wird folglich entweder erzwungen oder aber unterdrückt und zur passenden Gelegenheit unter panischer Aufgeregtheit und Ekel vollzogen. Ich denke, dass die Belastung meines Körpers unter den gegebenen Umständen durchaus nachvollziehbar ist.

Aus den letzten Tagen hatte ich ferner noch etwas anderes mitgenommen. Es hatte noch eine weitere offene Aufstellung (insgesamt sogar drei) gegeben, in deren Mitte ich gemeinsam mit einer anderen Teilnehmerin gestellt worden war. Es ging um Kraft und Verletzlichkeit, wobei keine Zuordnung stattfand. Als die anderen ihren Impulsen folgten und sich in die Aufstellung einfanden, kam plötzlich eine gewisse Lust ins Spiel, die mit dem Ausscheiden in Verbindung stand. Der lustvolle Aspekt eines jeden solchen Vorgangs kam zum Tragen, der bei mir gänzlich unterdrückt war. In einen mit in die Aufstellung gebrachten Eimer wurde fortwährend ausgeschieden, um sich anschließend gegenseitig mit den Exkrementen zu beschmieren (alles selbstverständlich nur im übertragenen Sinn). Es war von einem „dunklen Teint" die Rede. Ich war ratlos. Als personifizierte Kraft oder Verletzlichkeit fühlte ich mich zum Handeln gezwungen und bekam den Impuls, den Eimer mitsamt seines Inhalts aus dem offenen Fenster zu werfen. Ich haderte zunächst, bevor ich diesen Schritt schließlich wagte. Danach vollzog sich eine Wandlung. Inmitten des Kreises lag eine Teilnehmerin unter einer Decke, die zu enttarnen sich manche anschickten. Die Mehrheit hingegen trat dafür ein, sie nicht aufzudecken und ihren Schutz zu bewahren. Es war die Verletzlichkeit, die gesehen werden wollte und die durch die Mehrheitsentscheidung geschützt wurde.

Nachdem ich am Ende der Aufstellung zunächst rein gar nichts verstanden hatte, erkannte ich sehr bald für mich, dass ein für mich sehr wichtiger Aspekt derjenige war, meine Ekelgefühle einer Art freundschaftlichen Begegnung mit dem ganz und gar natürlichen Ausscheidungsbedürfnis weichen zu lassen und gewahr zu werden, dass es mir keinesfalls schaden konnte. Am letzten Tag sagte die Gruppenleiterin noch, dass die Anerkennung dieses elementaren Grundbedürfnisses im Zusammenhang mit der Entfaltung meiner sexuellen Energie stehe. Sie sprach von einer „Annäherung an die Toilette".

Zum Schluss des Seminars, nachdem Jules und ich uns in der Gruppenbesprechung gewissermaßen ausgesöhnt hatten, kam eine Trennung nicht mehr infrage. Ganz im Gegenteil, jeder von uns hatte sich auf den Weg gemacht, dem anderen entgegenzukommen und sich tiefer einzulassen. Und dennoch blieb vom Seminar ein allzu grässlicher und bitterer Nachgeschmack übrig, da meine homoerotischen Gefühle zunehmend stärker wurden. Hatte ich Jules vorgeworfen, jemand anderen zu begehren, so musste ich mir selbst eingestehen, dass gerade meine eigene Begierde die Heftigkeit unserer Auseinandersetzungen, vor allem aber auch meiner Emotionen verschuldet hatte. Ich hatte sonderbare Gefühle für diesen einen jungen Mann gehegt, die bis jetzt noch nicht gänzlich abgeklungen sind und sich in meine Gedanken eingebrannt haben. Es war freilich nicht das erste Mal, dass ich von derartig sonderbaren Gefühlen anderen Männern gegenüber im wahrsten Sinne des Wortes übermannt wurde. Ich kenne diese meine Launen, die aber meist nur ein Gefühl von Unerfülltheit und Ernüchterung auslösen. Die selbigen nicht leben zu dürfen, da dies doch nur allzu sehr dem vereinbarten Gebot der Treue widerspräche, fühlt sich mitunter für mich sehr scheußlich an und ich gebe mich der Empfindung hin, an etwas Verbotenes zu denken, das zu erfahren ich mir strikt untersage. Was sich meine Fantasie indes in lebhaften Bildern ausmalt, bleibt meine Sache.

Bereits in meiner Pubertät entwickelten sich meine erotischen Träume, in denen ich mich damals anderen gleichgeschlechtlichen Jugendlichen hingab. Dem Einfluss meiner Erziehung unterliegend, glaubte ich, keinesfalls jemals schwul werden zu dürfen. Folglich verliebte ich mich vor allem in Mädchen, wenn auch immer mit einer gewissen Beschämung. Von daher fiel es mir äußerst schwer, mich mit meinen Schwärmereien zu zeigen und ich benötigte stets einen gewissen Vorlauf, in dem ich meine Gefühle, ohne sie aussprechen zu müssen, mithilfe von kleinen, wie auch immer gearteten Aufmerksamkeiten signalisierte, bevor ich mich denn schließlich meistens doch, und das vor allem aus Ungewissheit darüber, was von der Gegenseite mir entgegengebracht wurde, dazu überwand, meine Empfindungen offen zu äußern. Nicht selten hatte mir das, wie bereits weiter oben ausgeführt, höchst unangenehme Peinlichkeiten eingebracht. Auch unterlief es bisweilen, dass mich Mädchen für schwul hielten, obwohl ich mir die größte Mühe gab, genau *diesen* Eindruck nicht zu hinterlassen. Ferner war ich felsenfest davon überzeugt, tatsächlich nicht schwul und einzig und allein dem weiblichen Geschlecht verschrieben zu sein.

Erste Erfahrungen mit dem so genannten schönen Geschlecht sammelte ich im Alter von vierzehn Jahren während eines stationären klinischen Aufenthaltes, in den ich wegen meines damaligen Waschzwangs geschickt worden war. Anschließend vermochte ich mich nur allzu selten in erotische Begegnungen einzubeziehen. Nur hier und da fanden harmlose Techtelmechtel statt, die sich im Sande verliefen und bedeutungslos waren. So lernte ich irgendwann, als ich bereits älter war, den schwulen Freund einer entfernten Bekannten kennen, der aus seiner Gesinnung von Anfang an keinen Hehl machte. Mich beeindruckte dies ungeheuer und ich glaubte recht bald, mich in ihn verliebt zu haben. Ich brachte meine Gefühle allerdings nicht zum Ausdruck, zumindest nicht allzu offenkundig, zumal ich mir keine Hoffnungen machte, da er einen Freund hatte. Darüber hinaus fühlte ich mich ihm keineswegs gewachsen. Ich spürte, dass ich noch lange nicht so weit war, zu meinen mich zutiefst beschämenden Gefühlen zu stehen oder sie gar zu leben. Ich gab mich also lediglich dem hoffnungslosen Schwärmen hin und verhielt mich mitunter sehr sonderbar.

Ich hatte damals die eigenartige Angewohnheit, mir gelegentlich abends ein Glas mit Whisky vorzusetzen, um es mir dann mit Ekel einzuverleiben. Mir schmeckte der Whisky nicht, doch hatte ich, wenn ich ihn trank, stets das Gefühl, etwas äußerst Feierliches und Schickes zu tun, und allein diese Vorstellung bereitete mir Freude. Jedoch pflegte mein Kopf nach solchen Umtrünken schwer und durcheinander zu sein, sodass ich noch schlechter als sonst einschlafen konnte. Ich erinnere mich, dass ich bereits als Kind große Schwierigkeiten hatte, abends zur Ruhe zu kommen. Die bloße Vorstellung, mich zum Schlafen hinzulegen, bereitet mir seit jeher großen Kummer, und so war denn auch der Whisky nicht das geeignete Mittel. Ich ging bisweilen in tiefer Nacht zum Laufen hinaus und bemühte mich, meine Kräfte restlos zu erschöpfen, um mich endlich in den süßen Schlaf wiegen zu können. Ich schreibe dies hier nieder, weil mir diese Erinnerungen im Zusammenhang mit meinem nun stärker hervortretenden Interesse am eigenen Geschlecht sogleich ins Gedächtnis kommen. Ich begann nun zaghaft, mich mit meinen Empfindungen zu zeigen. Ich tat dies mit einer gewissen Angst davor, abgewiesen zu werden. Auch stellte ich mich darauf ein, dass einige Menschen, vornehmlich junge Männer, wohl auf Abstand gehen würden.

Aus meiner Offenheit sollten sich allerdings auch angenehme Momente entwickeln. Eines Abends traf ich mich mit einem Jungen, den ich aus der Schule kannte. Wir hatten nur flüchtig miteinander zu tun, und doch waren wir aus unerfindlichen Gründen an jenem Tag zum Ausgehen verabredet. An Einzelheiten vermag ich mich indes nicht zu erinnern, jedoch an den Ausklang des Abends bei ihm zu Hause. Ohne jegliche

Hintergedanken formulierte ich meine jüngst entflammten Empfindungen für Männer und sah mich zunächst einem solchen gegenüber, der derartige Gefühle zu kennen vehement verneinte. Wenig später, als wir uns eine Zigarette teilten, kamen wir uns aber schließlich näher und er verführte mich überraschenderweise. Er sollte der einzige Mann bleiben, mit dem ich auf diese Weise zusammenkam. Dem ersten Mal folgten mit ihm weitere Zusammenkünfte dieser Art, die jedoch in den Deckmantel des Schweigens gehüllt waren. Vor allem ihm war Diskretion bezüglich unserer Affäre wichtig, denn er hatte eine Beziehung mit einer Frau, die keinesfalls in Kenntnis gesetzt werden durfte. Ich hingegen war recht offenherzig und teilte mich meinen Freunden mit. Trotzdem blieb die ganze Angelegenheit recht geheimnisvoll und darin lag wohl auch ihr größter Reiz. Aufgrund der körperlichen Nähe bildete ich mir bald ein, verliebt zu sein. Ich fühlte mich sehr verletzlich und verwechselte diese Empfindung offensichtlich mit Verliebtheit, die mein Freund sogleich zurückwies, trotzdem ich diese zu verbergen gesucht hatte. Aufgrund einer längeren Reise ins Ausland, die er im Sommer unternahm, waren wir erstmals für einige Zeit räumlich sehr weit voneinander getrennt, was sich mitunter äußerst sonderbar anfühlte, auch wenn ich wusste, dass diese Verbindung keine dauerhafte war, zumal feststand, dass er im Anschluss an seine Reise nach Hamburg zum Studieren ziehen würde. Wir trafen uns vorher allerdings noch einige Male, bevor schließlich mit seinem Wegziehen der Kontakt mehr oder weniger abbrach. Von einigen Nachrichten abgesehen, die wir uns seither geschrieben haben, haben wir nichts mehr miteinander zu tun. Ich möchte nicht leugnen, dass ich des Öfteren an diese durchaus schöne Zeit zurückdenke, und das zum Teil auch mit schmerzlicher Nostalgie. Mit diesem einen einzigen Mann habe ich einen Teil von mir leben dürfen, mit dem ich mich in meinem jetzigen

Leben nicht zu geben vermag. Mit dem Ende dieser Affäre zog er sich in mein tiefstes Innere zurück, wo ich ihn in der Folge nicht zu spüren brauchte. So gab ich mich denn mitunter dem Glauben hin, dass es sich lediglich um eine einmalige Phase gehandelt habe, bis das niemals ganz und gar erloschene Gefühl eines Tages unbarmherzig zurückkehrte und mich nun wieder allzu scheußliche Gedanken quälen. Ich mag mich den selbigen aber gar nicht stellen. Was soll denn hierbei Vernünftiges an die Oberfläche gelangen? Welchen Sinn ergibt es denn, darüber Worte zu verlieren? Es gibt zentralere Themen, um die es sich zu kümmern gilt.

So ist derweil von Jules und mir gemeinschaftlich der Entschluss gefasst worden, unsere Wohnung alsbald aufzukündigen. Der seit Wochen anhaltende Zustand, dass ich mich allein in unserer Behausung aufhalte, während sie mit Jaro bei ihren Eltern wohnt, ist für alle Beteiligten kaum tragbar. Ich bin in der Angelegenheit unfehlbar derjenige, der am meisten profitiert. So ist durch die Wohnung, die mir allein zur Verfügung steht, ein wichtiger Rückzugsort für mich sichergestellt. Jules hingegen wohnt mit Jaro eng an eng bei ihrer Familie und trägt die alleinige Verantwortung für sein Wohl, während ihre durchaus auch anderweitig beschäftigten Eltern ihr tatkräftig zur Seite stehen. Das Dasein für Jaro gestaltet sich mitunter äußerst schwierig und allzu erschöpfend und ich, der ich als Vater im Grunde genommen anstelle von Jules' Familie gefordert wäre, träume mich weitgehend entspannt, wenn auch von Zwängen geplagt, durch den Alltag. Nicht einmal für die Universität am Morgen erhebt sich der feine Herr aus den Federn und lässt die Vormittage lieber in Ruhe und Muße verstreichen. Wenn tüchtige Menschen bereits einen Großteil ihres Tageswerks vollbracht haben, kriecht der Egoist wie benommen aus seinem Bette, um sich anschließend durch das lächerlich anspruchslose und äußerst langweilige Tagesprogramm zu quälen. Und des Abends gibt er sich dann vor lauter Erschöpfung vom süßen Nichtstun seinen lausigen Gedanken hin und genießt die Ruhe der Einsamkeit. Wählte ich nicht wie ein jeder mein Schicksal frei, so wäre ich mit bestimmter Gewissheit eine nur allzu sehr zu bemitleidende Kreatur. Doch auch eines jeden Mitleid könnte mich Verlorenen wohl nicht erretten.

Nun, was gibt es zu meiner Person noch zu sagen? Ich denke, dass ich mit meinen Aufzeichnungen genug Material für meine Verurteilung zusammengetragen habe. Und doch bin ich wie besessen, mich in meine Schreiberei zu vertiefen, da es schließlich mein derzeit einziges Hab und Gut ist, das ich selbstverständlich mit Leib und Seele verabscheue. Es ist mir sehr zuwider, den Blick auf das von mir Geschriebene zu richten, und es gestaltet sich für mich nur äußerst schwierig, nicht in rasenden Selbsthass zu geraten. Ferner bedarf es nun spätestens an dieser Stelle meiner Ansicht nach des Geständnisses, dass ich all diese meine Worte nicht mit voller Klarheit des Geistes niederschreibe, sondern in gewissermaßen vernebeltem Zustand. Auf nähere Ausführungen hinsichtlich meiner bewusstseinserweiternden Aktivitäten sei derweil verzichtet. Dieser schäme ich mich auch ohne jedwede Worte in einem allzu enormen Ausmaß.

Ich bemerke unterdessen, wie ich mehr und mehr vom Thema abkomme. Habe ich mich doch ursprünglich mit meinen abscheulichen Empfindungen an diesen Ort begeben, um der gegenwärtigen Situation gewahr zu werden und konstruktive Gedanken zur Rettung der selbigen zu fassen, sehe ich vor mir jetzt eine Niederschrift wahlloser Gedanken und Erinnerungen, die wiederzubeleben mir nur allzu schmerzhaft und unnütz ist. Gebe ich mich hier jedoch gar zu schamlos der Vergangenheit hin, so zeigt sich an dieser Stelle ein Teil von mir, der stets diese Neigung hatte, in längst Vergangenem zu schwelgen.

Im Moment durchfährt mich ein abscheulicher und allzu gemeiner Gedanke und ich habe sogleich keine Lust mehr weiterzuschreiben. Ich versuche derweil, mir jenen auszutreiben und meine Konzentration auf etwas anderes zu richten. Doch noch bin ich ratlos, auf was ich auszuweichen vermag, und durchforste mein Gedächtnis auf der Suche nach einem geeigneten Gegenstand. Mir fällt indes ein, dass ein gut zu besprechendes Thema die morgen anstehende Reise ins Ausland ist, die ich gemeinsam mit Jules und Jaro unternehmen werde. Für einen überschaubaren Zeitraum haben wir ein Ferienhaus in einem ausländischen Park gebucht, um das Familienleben, das in einen gemeinsamen Alltag zu integrieren seit einiger Zeit unmöglich ist, erfahren zu können. Hierbei handelt es sich jedoch, richtiger gesagt, vielmehr um eine Möglichkeit, glückliche Tage zu verbringen und Familienleben zu genießen, da sich dieses bekanntermaßen zuletzt eher sehr bescheiden anfühlte. So bescheiden, dass ich es zweifellos vorziehe, alleine in dieser mir doch letztlich verhassten Wohnung zu hausen und mich meinem einsamen Stubenhockerdasein hinzugeben. Mit Entschiedenheit bevorzuge ich diese meine Lebensweise gegenüber allein der bloßen Vorstellung von Familienidylle. Auch wenn ich reinen Gewissens versichern kann, dass ich Jules und Jaro sehr liebe, vermag ich mit dieser Art von Leben keinen angenehmen Umgang zu finden. Ich hoffe indes, dass mir dies alsbald gelingen wird, sodass ich endlich meiner Verantwortung gerecht werde und für meine Familie sorge. Es klingt so simpel und verhält sich mitunter doch sehr schwer und für mich derweil ganz unmöglich.

Ich muss mir ferner eingestehen, dass ich nach wie vor die unlängst angesprochene, unmittelbar bevorstehende Katastrophe fürchte, die jederzeit über uns hereinzubrechen vermag. Ich kann nur hoffen, dass sich unsere Konflikte nicht während des gemeinsamen Urlaubs entzünden, da sich dieser dann in der Folge nur allzu hässlich gestalten könnte. Ich untersage mir indes jedwede Bereitschaft zu Eskalation und versichere mir, sie in allen Fällen dringend zu vermeiden. Im Ausland könnten sich nur allzu unschöne Szenen ereignen, die infolge des Fremdseins mit nur äußerst beschränkten Ausweichmöglichkeiten aufwarteten. An dieser Stelle sei jedoch erwähnt, dass unsere bisweilen heftigen Streitigkeiten bisher nie Rücksicht auf die Örtlichkeiten genommen haben, an denen sie sich ereigneten. In den unmöglichsten Situationen und an gar unvorstellbaren Orten haben wir uns schon in dramatische und aufgeladene Auseinandersetzungen begeben, nicht zuletzt meiner krankhaften Eifersucht wegen. Mit Disharmonie vermögen wir beide derweil nicht umzugehen, weshalb es uns schließlich immer zur Konfrontation drängt, die sich mitunter stark entlädt. Wenn nun auch noch Alkohol im Spiel ist (was mit einem Säugling wohl eher selten bis gar nicht der Fall ist, sich vor der Schwangerschaft allerdings einige Male zugetragen hat), geraten wir während des Streitens in eine derartige Leidenschaft für die Sache selbst, dass wir durchaus bereit sind, bis zum Äußersten zu gehen. Gewiss hat uns dies schon mehrere Male an den Rande einer Trennung geführt. Doch niemals hat einer von uns diesen Schritt gewagt, sodass wir nun morgen als Familie in den Urlaub fahren werden. Und was auch immer passieren wird, es möge nicht zu der gefürchteten Katastrophe kommen.

Drittes Kapitel: Doppelmoral

Ich bin derweil aus dem Urlaub zurückgekehrt und werde mich nun wieder in aller Ausführlichkeit dem Schreiben widmen. An jenes musste ich in den Tagen, die ich mit meiner Familie im Ausland zubrachte, nur allzu oft denken, wobei es mir jedoch vollkommen unmöglich war, damit fortzufahren. Ich war indes allerdings stets bemüht, meine Gedanken zu sammeln und aufzubewahren, um sie an diesem mir so sehr vertrauten Ort nach meiner Rückkehr niederzuschreiben. Unglücklicherweise jedoch hatte ich die Empfindung, unter einem ständigen Druck zu stehen, nichts vergessen zu dürfen und ja das Schreiben nicht aus den Augen zu verlieren. Der selbige steigerte sich dermaßen, dass ich fast schon Angst hatte, nach Hause zurückzufahren und mich hierherzusetzen. Und nun, da ich zurückgekehrt bin und an meinem Schreibtisch Platz genommen habe, fühlt es sich an, als gäbe es nichts, worüber ich schreiben könnte. In meinem Kopf herrscht das totale Chaos und bei aller Anstrengung vermag ich keinen Gegenstand zu finden, den zu besprechen ich für geeignet halte. Es versteht sich von selbst, dass es natürlich zahlreiche Dinge gibt, mit denen ich mich hier befassen könnte, da sich in der Zeit, die wir im Ausland verbrachten, eine Vielzahl von Geschehnissen zugetragen hat, die der Erwähnung durchaus wert sind. Vielleicht beginne ich, indem ich erzähle, dass unser Urlaub mit einer großen Enttäuschung über das uns zugewiesene Ferienhaus begann. Entgegen den traumhaften Illustrationen in den Katalogen, die zweifelsohne die Funktion haben, das Gefühl zu vermitteln, ins Paradies auf Erden zu reisen, öffneten wir die Tür zu einem dunklen, eher bescheidenen Häuschen, das sich durch einen allzu grässlichen Gestank auszeichnete. Da ich diese meine Neigung zu grundsätzlicher Unzufriedenheit kenne und weiß, dass ich immer etwas auszusetzen habe, war ich zunächst bemüht, die negativen Empfindungen zu unterdrü-

cken, die beim Eintritt in das Haus unweigerlich in mir auf-
kamen. Außerdem hatte ich mir ja auferlegt, jegliche Eskalation zu vermeiden. Auch Jules hatte wohl diese Absicht, weshalb ich denn auch unser Auto entlud und unser Gepäck an
diesen nach Kloake riechenden Ort schaffte. Schließlich war
sie es jedoch, die sich mit dem Gedanken, die nächsten Tage
in diesem Gestank zu verbringen, nicht anzufreunden vermochte und mich davon überzeugte, an der Rezeption ein
neues Ferienhaus zu verlangen. Dieses Vorhaben gestaltete
sich sehr erfolgreich und wenig später war das Auto wieder
mit unseren Koffern beladen und wir fuhren an einem zweiten Ferienhaus vor, das eine deutliche Verbesserung zum
vorherigen darstellte.

Ich sehe mich an dieser Stelle gezwungen, meine Aufzeichnungen über den Urlaub abzubrechen, da es mir nur gar
zuwider ist, hier eine chronologische Abfolge desselben darzulegen. Ich täte gut daran, die Schreiberei ganz aufzugeben,
denn mit allzu offensichtlicher Deutlichkeit zeigt sich inzwischen, dass mir so langsam, aber sicher die Luft ausgeht. Und
dabei habe ich meiner Ansicht nach nur kläglich wenig geschrieben und dasselbe erscheint mir darüber hinaus nicht
allzu lesenswert. Ich verliere mich in uninteressanten Ge-
schichten, um die sich niemand schert. Selbst ich vermag das
von mir Geschriebene nicht zu lesen, ohne mich nicht seines
Inhalts in Grund und Boden zu schämen. Doch das Schreiben
ist ein hübscher Zeitvertreib.

Ich habe unterdessen die starke Empfindung, dass mein Kopf
gleich platzen wird. Unzählige Gedanken penetrieren mein
krankes Hirn und peinigen mich, doch vermag ich keinen
einzigen zu fassen. Das Rauschgift, das in meinen Venen sein
Unwesen treibt, gibt mir wohl den Rest. Es erscheint mir
allerdings ganz und gar unmöglich, den täglichen Konsum

bleiben zu lassen. Seit Jahren schon pflege ich mich in Zeiten, in denen ich alleine bin, zu berauschen. Den Zustand von Nüchternheit vermag ich denn gar nicht zu ertragen. Und so habe ich mich nun also auch in der ganzen letzten Zeit in einem einzigen Rausch befunden und halte mich nur dann strikt von Marihuana fern, wenn ich mit meiner Familie zusammenkomme. Für Jules ist diese Droge der Teufel und sie kann es nicht ausstehen, wenn ich sie gebrauche. Sie reagiert stets äußerst verärgert, wenn sie mich im Rausch erwischt, und hat mich schon immer für diese meine Schwäche stark verurteilt und ferner zu entwöhnen gesucht. Ich habe mich irgendwann dazu bereit erklärt, ihre Abneigung zu respektieren und in ihrem Beisein nicht zu rauchen. Außerdem sehe ich zu, dass sie von den Auswirkungen nichts mitbekommt, und halte mich folglich auch vor den Zusammenkünften mit ihr von jeglichem Konsum fern. Dennoch wurde mir von ihr auf dem Weg in den Urlaub unterstellt, mich gewiss noch jeden Tag dem Rausche hinzugeben. Nein, diese Frage zu beantworten wäre allzu hässlich gewesen, und so verweigerte ich mich schließlich. Ich bin indes nicht des Lügens fähig, da ich hiervor eine allzu große Ehrfurcht empfinde. Ich bin sicher, dass mich ein schreckliches, unwiderruflichen Schaden anrichtendes Unheil heimsuchen wird, wenn ich mich der Lüge bediene. Dies unfehlbar vermeiden wollend, bin ich stets um wahrheitsgetreue Worte redlich bemüht, wobei es bestimmt entscheidende Nachteile hat, die Wahrheit nicht verbergen zu können und mit feuerroter Visage ständig gleich die Wahrheit zu gestehen. Aber so bin ich eben nun einmal.

Was rede ich da eigentlich? Ich bin doch grundsätzlich ein großer Angsthase und fürchte mich vor fast allem, also selbstverständlich auch vor dem Lügen, das etwas ganz und gar Schändliches ist. Und so führten wir denn auch am zweiten Abend unseres Urlaubs ein Gespräch, in dem ich mich leicht angetrunken sehr redselig zeigte und einiges von mir offenbarte. Wir standen in der Küche und stießen mit einem Bier an, als das Gespräch auf den nun schon häufiger thematisierten Gegenstand der sexuellen Empfindungen anderer Menschen als dem Partner gegenüber kam und auch darauf, dass auch ich mitunter von solchen ergriffen würde. Ich hatte bereits vorausgeschickt, dass sich jene in der Regel auf gleichgeschlechtliche Personen richteten. Jules hatte mich zuvor infolge einer Anspielung meinerseits gefragt, ob ich bisweilen noch etwas für Männer empfände. Und meinen stetigen Bemühungen um Ehrlichkeit zufolge hatte ich dies wahrheitsgetreu bejaht. Sie hatte weiterhin wissen wollen, welchen Frauen ich ein gewisses Begehren entgegenbrächte, nachdem ich zuvor betont hatte, dass es bei den Seminaren keine *Frau* gebe, die ich begehrte. Wir redeten ferner vom Konzept der offenen Beziehung und kamen überein, dass wir dazu beide nicht bereit waren. Vor allem mich stößt es infolge meiner starken Eifersuchtsgefühle gewaltig ab, obwohl gerade ich mich ja bisweilen untreuen Gedanken leidenschaftlich hingebe und mich in diesen mitunter auch verliere, wovon ich bereits lebhaft geschrieben habe. Nein, für eine offene Beziehung lege ich zu großen Wert auf Treue. Die Vorstellung, meine Freundin zu teilen, löst ungeheuren Ekel in mir aus und ich könnte sogleich durchdrehen. Schlimm genug ist schon der Gedanke, sich in einer Beziehung dem ununterbrochenen Risiko auszusetzen, betrogen zu werden. Er treibt mich förmlich zur Weißglut und ruft die Bereitschaft in mir hervor, mich umgehend aus der partnerschaftlichen Verbindung loszusagen. Und doch beflügelte mich das aufrichtige Gespräch mit Jules durchaus.

Am nächsten Morgen war ich wie ein kleines Kind. Es war Sonntag und wir nahmen an einem Brunch teil, bei dem wir recht ausgelassene zwei Stunden zubrachten, in denen vor allem ich entgegen meinem sonst eher griesgrämigen Wesen besonders gute Laune hatte, die sich in kindlicher Freude und Verrücktheit zeigte. Ich möchte an dieser Stelle nicht verschweigen (auch wenn davon zu schreiben mir äußerst unangenehm ist), dass Jules und ich auch mit einem ganz anderen für mich sehr bedeutungsvollen Thema sehr offenherzig umgingen. Wir unterhielten uns in reger Frequenz über den Vorgang des Ausscheidens und witzelten über derartige Bedürfnisse, die wir schließlich beim anderen und auch bei uns selbst zu kommentieren begannen. Mein Körper, dem die letzten Jahre stets von meinem Verstand suggeriert worden war, jegliche Regungen dieser Art zu unterdrücken und sich ihrer bis ins Bodenlose zu schämen, erfuhr nun große Akzeptanz hinsichtlich seiner Verdauungstätigkeiten. Trotzdem hielt mein Ekel an und das Waschen gestaltete sich für mich durchaus qualvoll. Da die Toilette separat vom Bad in einem kleinen Raum ohne Waschbecken installiert war, musste ich zum Händewaschen den Ort wechseln und dabei zwei Türen passieren. Dies steigerte meine panische und zwanghafte Angst, aus der Widerwärtigkeit meines Charakters heraus, sozusagen aus Böswilligkeit, das Reinigen meiner Hände nach einem Toilettengang vergessen zu können. Doch trotz des starken Einflusses meines Waschzwangs, dem ich ausgesetzt war, befand ich mich zunächst in einem gewissen Dauerzustand von Euphorie. In dem von uns hier, weit weg von zu Hause, geführten Familienleben ging ich vollends auf und überraschte mich dabei selbst äußerst angenehm. Die Begegnungen mit Jaro waren von derart vollkommener Schönheit und mit Liebe erfüllt, dass es mir und Jules ganz und gar undenkbar schien, uns in naher Zukunft gegen ein solches Zusammenleben in Harmonie und zu einem Auseinanderziehen zu entschließen. Nein, wenn Jules mit Jaro in eine kleinere Wohnung und ich in ein mickriges Singleappartement zöge, würde sich unsere Lage lediglich verschlechtern, weil sich dann sicherlich zahlreiche neue Schwierigkeiten ergäben. Ich war überzeugt, dass diese Lösung nicht die richtige war, und warb für unsere gemeinsame Wohnung, obschon sie mir aufgrund ihrer Hellhörigkeit nicht allzu sehr geeignet erschien. Ein erneuter Umzug in eine weitere gemeinsame Wohnung jedoch stellte für uns beide ein zu großes Wagnis dar, weshalb wir dies auch nicht in Betracht zogen, sondern ferner beschlossen, einander nach dem Urlaub wieder nach und nach anzunähern und den Versuch zu unternehmen, ein gemeinsames Leben in unserer jetzigen Wohnung zu realisieren. Schritt für Schritt, so nahmen wir uns vor, würden wir uns wieder an das Zusammenleben gewöhnen. Auch mir war und ist nach wie vor sehr daran gelegen, obgleich ich mir bewusst bin, dass es noch einige Hürden zu überqueren gilt, bevor dieses Unternehmen in die Tat umgesetzt sein wird. Ja, es wird sich wohl kaum als allzu leicht erweisen.

Neben der Freude am Familienleben hatte ich in den ersten beiden Nächten im Urlaub ebenfalls erfahren dürfen, dass es mir auch ohne Drogen oder ärztlich verschriebene Schlaftabletten durchaus gelingen mochte, abends problemlos einzuschlafen und erholsame Nächte zu verbringen. So war ich denn auch schon frühmorgens in der Lage, meinen sonst zu solchen Zeiten äußerst schweren und unbeweglichen Körper aus dem Bett zu erheben und beispielsweise mit Jaro aufzustehen. Ich hatte das Glück, dass mich Jules kein einziges Mal bat, mich zu diesen mir verhassten frühen Uhrzeiten allein mit ihm zu beschäftigen. Fest war ich davon ausgegangen, dass sie gewiss einfordern würde, den ein oder anderen Morgen liegen bleiben zu dürfen, da sie sonst ja immer diejenige ist, die sich vor Tag und Tau mit dem nicht mehr schlafen wollenden Säugling aus dem Bett erhebt. Die Nächte sind derweil äußerst zehrend, da Jaro oft aufwacht und gestillt werden möchte. Anschließend ist es denn oft sehr schwierig, ihn wieder zum Einschlafen zu bringen, und die sonst so besonnene und aufopfernde Jules, die, wie ich noch einmal betonen möchte, eine sehr gute Mutter ist, neigt des Nachts bisweilen zu aggressiven Stimmungen, wenn ihr Schlaf zum wiederholten Male unterbrochen worden ist. Unglücklicherweise lässt sie dann mitunter ihre Übellaunigkeit an Jaro aus und verhält sich ihm gegenüber recht unsanft, sodass ich, der ich meist hilflos danebenliege, mit Angst erfüllt werde. Bisweilen gelingt es mir, mich aus der meist zuvor eingetretenen Lähmung zu befreien und mich dazu bereit zu erklären, meinerseits das Kind in den Schlaf zu wiegen. Auch wenn mir dies durchaus oft misslingt, trage ich mit meinem Einsatz stets dazu bei, dass die Situation deeskaliert.

Nun trug es sich allerdings am dritten Abend unseres Urlaubes zu, dass ich zwar unmittelbar nach dem Hinlegen in den Schlaf fand und acht Stunden am Stück schlief, am nächsten Morgen aber in äußerst depressiver Stimmung erwachte. Die Welt, die ich gestern noch als unglaublich hell und freundlich wahrgenommen hatte, war in schwarze Farbe getunkt worden. Von der tags zuvor verspürten Lebensfreude war jeder Funken erloschen. Mein Körper war so schwer und ich empfand eine tiefe Ablehnung dagegen, mich zu erheben. Ich war zunächst erfolgreich, die dunklen Wolken zu vertreiben, ließ mich nicht gehen und stand auf. Auch teilte ich mich mit meinen Empfindungen gleich mit, sodass sich die Lage vorerst zu entspannen schien.

Für den heutigen Tag planten wir einen Ausflug in einen nahe gelegenen Zoo. Noch bevor wir jedoch unser Ferienhaus verlassen hatten, gerieten Jules und ich in eine Auseinandersetzung. Als ich ihr im Badezimmer beim Händewaschen zusah, empfand ich das selbige als nicht gründlich genug und begann, mich zu ekeln und ihr dies in nur allzu gemeiner Hässlichkeit zu eröffnen, woraufhin sie äußerst verletzt war. Als ich nun das nächste Mal ans Waschbecken herantrat, erlitt ich einen heftigen Waschanfall, der mich schließlich derart in Ekstase versetzte, dass ich zu schreien und mich zu schlagen anfing. Dabei wusch ich immer weiter, ganze zwanzig Minuten, wie ich später schätzte. Zwischenzeitlich kam Jules zu mir ins Badezimmer und wollte mir helfen, mit dem Waschen aufzuhören, wobei sie aber gründlich scheiterte und sich rasend vor Wut entfernte, nachdem ich sie mit Ekel von mir gestoßen hatte. Sie geriet in Verzweiflung und schrie mir zu, sie werde nun mit Jaro nach Hause zu ihren Eltern fahren. Ich befand mich indes in einem Zustand hysterischer Panik und vermochte mich für ihre Drohungen nicht zu interessieren. Sollte sie doch abfahren! Angesichts der Vorfälle war das bestimmt nicht die dümmste Idee, denn wer wusste schon, wohin das noch alles führen würde? Letztendlich fuhr sie aber doch nicht ab, wie gewissermaßen auch zu erwarten gewesen war. Auch ich errettete mich schließlich aus meinem Anfall und ließ mich erschöpft ins Bett fallen. Jules, die nun abermals an mich herantrat, lud mich ein, mit ihr und Jaro in den Zoo zu fahren, und ich stimmte gleich zu, obwohl ich mich wie gelähmt fühlte. Mein ganzer Körper befand sich in einer ungeheuerlichen Starre und ich vermochte mich nicht ein Stück zu regen.

Vom Weg zum Zoo nahm ich kaum Notiz, wobei ich meine Hand das ein oder andere Mal in die der am Steuer sitzenden Jules legte. Das weinende Kind beruhigte ich indes, indem ich ihm liebevoll über den Kopf streichelte. Im Zoo angekommen, erfuhr meine sich langsam steigernde Stimmung einen Dämpfer. Uns war für das Parken auf dem zum Zoo gehörenden Parkplatz eine satte Gebühr abgeknöpft worden, die darüber hinaus vor der Zufahrt keineswegs ersichtlich gewesen war. Ich fühlte mich betrogen und gab mich dieser Empfindung gänzlich hin, weshalb ich nun auch wieder Jules von mir stieß und sie gewissermaßen dafür hasste, dass sie diese Gebühr so unkommentiert und bereitwillig gezahlt hatte. Ich wäre am liebsten gleich gewalttätig gegen die Zooangestellte geworden oder hätte ihr zumindest ins Gesicht gespuckt. Nun aber war das Geld gezahlt, die Angelegenheit unwiderruflich entschieden und ich weigerte mich, diesen Betrug hinzunehmen. Meine aggressive Wut vermochte ich mit keiner Faser meines Körpers zu verbergen und ein jeder, der uns über den Weg lief, musste zwangsläufig erkennen, dass ich mich in Raserei befand. Wieder ließ ich meinen ganzen Unmut an meiner armen Freundin aus, die sich denn auch berechtigterweise bald von mir abwandte, bis ich mich endlich überwinden und einen ersten Schritt auf sie zugehen konnte. Dennoch fühlte ich mich den ganzen Ausflug über wie tot, wie innerlich abgestorben. Mein ganzes Wesen war äußerst verschreckt und über alle Maßen nervös und fahrig. Ich vermochte kein einziges Glücksgefühl in meiner Seele zu verspüren, obwohl ich davon die Tage zuvor viele erfahren hatte. An diesem Tag jedoch schien mir jedes positive Gefühl unzugänglich und ich war völlig neben der Spur. So kam es denn auch, dass ich des Abends kläglich an dem Versuche scheiterte, das Essen zuzubereiten. Zu zittrig war meine Hand und ich war derart aufgebracht und befand mich in solch fieberhafter Raserei, dass es nur allzu unmöglich war.

Mir erscheint es an dieser Stelle angebracht, ein paar Worte bezüglich meiner Lage an jenem Tage zu verlieren. Ich hatte den Abend zuvor ein Medikament eingenommen, das ich seit fünf Jahren völlig unbedarft bisweilen sogar mehrmals täglich gebrauche, weil ich unter verschiedenen Allergien leide und mich infolge jener nur allzu oft Heuschnupfen plagt. Nun hatte meine Mutter während meiner Kindheit und Jugend stets auf die Medizin geschworen, weshalb mir denn seit jeher ein äußerst wirksames und dementsprechend hoch dosiertes Antiallergikum verschrieben wurde, wovon es lediglich hieß, es mache müde. Diese Beeinträchtigung hatte ich so nie empfunden und die von meinem Arzt über seine Tochter getroffene Aussage, diese habe sich bei der Einnahme jenes Medikamentes in der Schule stets markant verschlechtert, weil es sie wohl in einem nicht ganz unerheblichen Ausmaß habe träge werden lassen, vermochte mich nicht zu beeindrucken. Von Derartigem wusste ich derweil nicht zu berichten, und so gebrauchte ich dieses Medikament nun ganze fünf Jahre lang, während ich mich darüber freute, weitgehend beschwerdefrei zu sein. Zweifelsohne handelt es sich bei diesem Antiallergikum um ein ganz besonders effektives seiner Art, dem ich allerdings eine außerordentlich hässliche Nebenwirkung zuschreibe. Nach den ersten beiden Abenden, an denen ich mich nicht des Medikamentes bedient hatte, verspürte ich eine angenehme und mir durchaus nicht übliche Lebhaftigkeit, mit der ich in der Lage war, die Minuten mit meiner Familie zu genießen. Ferner war ich äußerst überrascht, mich sagen zu hören, dass ich ganz und gar nicht mit Jules und Jaro auseinanderziehen, sondern ganz im Gegenteil, unbedingt mit ihnen wieder zusammenwohnen wolle. In den buntesten Farben des Optimismus, von dem ich mich gewöhnlich fernzuhalten pflege, malte ich das Bild einer glücklichen Familie, das gewiss bis zu seiner Vollendung noch die ein oder andere Zeit benötigen, sicherlich aber fertiggestellt werden würde. Abends war es mir denn zu Uhrzeiten vor Mitternacht möglich, in den Schlaf zu finden, was für mich zu Hause stets ein Ding der Unmöglichkeit war.

Ich sah zu diesem Zeitpunkt keine Verbindung zum besagten Antiallergikum, das ich bis dahin im Übrigen nicht bewusst nicht eingenommen, sondern dies zu tun stets vergessen hatte. Nach der Einnahme einer Tablette am dritten Abend jedoch brach mein Kartenhaus der Euphorie in sich zusammen. Statt eines friedlichen Einschlafens und einer erholsamen Nacht fiel ich förmlich ins Koma. Für acht Stunden war ich wie bewusstlos und ganz und gar weggetreten. Von Jules' und Jaros nächtlichem Aufwachen nahm ich keinerlei Notiz, obwohl es sich doch für gewöhnlich recht geräuschvoll gestaltet und mich meist aus dem Schlafe zu reißen pflegt. In dieser Nacht jedoch herrschte das Nichts. Ich erinnerte am nächsten Morgen weder das Einschlafen noch den Schlaf selbst und mir war, als ich erwachte, jedes Gefühl für Zeit genommen. Darüber hinaus spürte ich meinen Körper nicht, von dem ich wie abgeschnitten zu sein schien. In meinen Gedanken war nur Dunkelheit und die ganze Schönheit und Prächtigkeit des Urlaubes waren so verblasst, dass sie für mich eigentlich gar nicht mehr existierten. Gleichzeitig aber, während ich so vor mich hin sann, ward mir die Widersprüchlichkeit meiner Empfindungen nur allzu schmerzlich bewusst, und doch vermochte ich an all die positiven Gefühle nicht anzuknüpfen. Ich war davon überzeugt, dass sich genau so eine Psychose anfühlte. Es ist naheliegend, dass mir gleich das eingenommene Antiallergikum als Auslöser meines Gefühlsumbruchs in den Sinn kam und ich fortan beschloss, lieber unter Heuschnupfen zu leiden, als auf derart massive Art und Weise emotional erschüttert zu werden. Ich erlebte meine Veränderung als einen Anfall von Wahnsinn. Es drängte sich mir der Eindruck auf, eine schizophrene Persönlichkeit zu haben, und dies beängstigte mich nicht wenig. Die sonderbare, in meinen Augen krankhafte Seelenbewegung gipfelte schließlich in der vorhin angeführten Waschattacke und dem hieraus resultierenden Streit. Und als Ausgangspunkt für all das sah ich die Einnahme dieses teuflischen Medikamentes an und glaubte ferner, mir vieles andere in der Vergangenheit Geschehene ebenfalls damit erklären zu können.

Obschon es des Urlaubes gewiss einiger mehr Worte bedürfte, wie ich befinde, werde ich mich nun einem gänzlich anderen Gegenstand zuwenden, der nur allzu gegenwärtig ist. Der von mir empfundene Zwang, den Urlaub genauer auszuführen und mich in Einzelheiten zu verlieren, mich mit Interpretationen und möglichen Konsequenzen für das Hier und Jetzt auseinanderzusetzen, um mich letztendlich bestimmt doch wieder nur zu täuschen, sorgte in den vergangenen Tagen bei mir für eine omnipräsente Verwirrung. Ich möchte nicht leugnen, dass ich mich durchaus anderweitig aktiv und ganz und gar tätig zu geben pflegte, auch wenn eine Sache mir nicht gelingen mochte, und zwar das Fortfahren mit der Schreiberei. Es war nicht fehlende Zeit, die mich hinderte, sondern eben dieses Gefühl, näher auf den Urlaub eingehen zu müssen, obwohl mich gedanklich etwas ganz und gar anderes beschäftigte, wenngleich ich bis heute nicht so recht zu sagen vermochte, um was es sich dabei eigentlich genau handelte.

Im Laufe des Tages enthüllte sich nun aber dieses Etwas, das mit nur allzu grausamer Hässlichkeit über mich herfiel. Am Wochenende steht der Besuch einer engen Freundin an, die ich bei den Seminaren kennen gelernt habe. Wir führen eine sehr offene und herzliche Beziehung, wobei das Sexuelle für uns beide außen vorsteht, zumal der Altersunterschied enorm ist. Sie ist mehr als doppelt so alt wie ich und eine ihrer drei Töchter ist ebenfalls älter als ich. Nein, zu dieser Frau fühle ich mich sexuell nicht hingezogen. Bei diesem Gedanken kam es mir jedoch, dass ich grundsätzlich keine sexuellen Gefühle für Menschen hege, mit denen ich sehr vertraut und gut befreundet bin. Ganz im Gegenteil, allein die Vorstellung einer erotischen Begegnung mit einem meiner Freunde erfüllt mich mit Ekel. Ich wehre dies in jeder Hinsicht entschieden ab und vermag nicht einmal zaghafte Versuche eines Stelldicheins zu ertragen.

So trug es sich vor einigen Jahren zu, als ich mich der Reihe nach hoffnungslos in junge Frauen verliebte und in dieser Zeit sehr viele Tränen vergoss, dass mein damals bester Freund, der mir auch heute noch sehr teuer ist, versuchte, mich mit einem erotischen Abenteuer zu trösten, obgleich ich offensichtlich eines jemanden bedurfte, der mir zugehört und mich in den Arm genommen hätte. Nichtsdestotrotz sah er sich, von meiner Bisexualität wissend und diese Neigung als einer der wenigen meiner Bekannten teilend, dazu angehalten, mich unbedingt verführen zu wollen. Ich musste mich mehrmals äußerst abweisend betragen, um mit meinem klaren Nein respektiert zu werden. Ein paarmal stellte ich mir tatsächlich vor, wie es wohl wäre, sich darauf einzulassen, doch dieser Gedanke stieß mich förmlich ab, sodass meine Ablehnung mit jedem Versuch deutlicher und entschiedener wurde, was solche aber nicht zu verhindern vermochte. Ich blieb allerdings standhaft und ließ mich nicht erweichen, auch wenn ich mich einmal in einer wilden Knutscherei mit meinem besten Freund wiederfand. Davon abgesehen blockte ich jedoch jeden Annäherungsversuch ab, und das auch ohne jegliche Wehmut, sodass ich mich in der Richtigkeit meines Verhaltens bestätigt sah. In der damaligen Zeit hätte ich mich einem solchen Techtelmechtel durchaus hingeben dürfen, denn ich befand mich in keiner Beziehung. Die Schwelle, auch Männern sexuelle Gefühle entgegenzubringen und leidenschaftliche Abenteuer mit solchen einzugehen, hatte ich bereits einige Zeit zuvor überschritten. Und gerade das Verruchte an solchen Interaktionen im Verborgenen war es ja, was mir diese so schmackhaft machte. Dennoch hatte ich mich trotz aller Interessen für das männliche Geschlecht gegen meinen besten Freund entschieden, obwohl dieser mich gewollt und ich mir so etwas so oft gewünscht hatte. Denke ich jetzt daran zurück, durchfährt mich allerdings kein einziger Gedanke der Reue. Trotz auch aller gegenwärtigen und immer stärker werdenden Bedürfnisse, mich hemmungslos und ganz und gar nackt einem Mann hinzugeben, ihn zu küssen, ihn zum Orgasmus zu bringen, einfach der Lust freien Lauf zu lassen, was mir indes, nebenbei gesagt, nur allzu unmöglich ist, bin ich aufrichtig froh, dass ich mich nicht auf ein erotisches Abenteuer mit meinem mir sehr lieben Freund eingelassen habe. Er hat es irgendwann aufgegeben, mit mir intim werden zu wollen, und ansatzweise haben wir auch ein paarmal darüber gesprochen.

In der damaligen Zeit kam ich ferner in zwei unschöne Situationen mit der ehemaligen Freundin eines früheren guten Freundes, wobei ich zu meiner Schande einräumen muss, dass sie beim ersten Mal noch seine Freundin war. Darüber hinaus befand ich mich zu allem Überfluss bei beiden Zwischenfällen in einer Beziehung, und zwar mit Jules, die, wie es mir vorab gleich klarzustellen beliebt, von mir in Kenntnis gesetzt wurde, auch wenn bis dahin nach den Vorfällen noch einige Monate verstrichen. Nun aber möchte ich damit beginnen darzulegen, wie es zu den Grenzüberschreitungen mit dieser Frau kommen konnte, deren Namen ich im Übrigen wie die meisten anderen verschweigen werde. Schon als wir uns vor Jahren kennen lernten, näherte sie sich mir auf recht eigentümliche Weise an. Sie tat immer so, als ob sie wollte, dass ich sie verführte, wobei ich davon überzeugt war, dass sie eben nur so tat und sich keinesfalls darauf eingelassen hätte. Ich hielt es für eine gewisse Art an ihr und ging davon aus, dass sie sich auch anderen Männern gegenüber derart provokativ und herausfordernd verhielt. Sie kontaktierte mich jedenfalls bald und suchte mit mir Freundschaft zu schließen. Wenn ihr Freund, der ja, wenn auch anders, ebenfalls meiner war, auf Reisen war, rief sie mich besonders gerne an und fragte, ob sie bei mir übernachten könne, da sie sich allein zu Hause fürchte. Am Anfang hielt sie sich noch recht bedeckt bei solchen nächtlichen Zusammenkünften, die mir äußerst unangenehm waren, zu denen ich aber penetrant überredet wurde. Sie missachtete, richtiger gesagt, stets mein Nichtwollen und zwang sich mir auf. Später aber, als sie anfing, mit mir Cocktails trinken zu gehen und anschließend Joints zu rauchen, zog sie sich bisweilen vor mir aus, wobei ich zu ihrer Verteidigung anführen muss, dass sie immer ihre Unterwäsche anbehielt. Ich befand dies dennoch für äußerst beschämend, da ich es für unangebracht hielt, sich vor mir, der ich mit ihrem Freund befreundet war, zu entblößen, zumal sich dies stets unter erotischer Musik zutrug. Trotz all dieser mir grenzüberschreitend erscheinenden Vorkommnisse kam es zu einem körperlichen Kontakt, wenn man von freundschaftlichen Umarmungen absieht, zunächst nicht, obschon ich so manche Nacht gewaltig erregt und hellwach zubrachte, während ich mir inständig wünschte, sie würde bald enden. Auf einer Geburtstagsfeier griff sie mir denn allen Ernstes in den Schritt und fragte mich mit Schlafzimmerblick, ob ich mich noch an neulich erinnerte. Wohl gemerkt, ihr Freund saß direkt neben ihr und mit ihrer Hand in meinem Schritt konnte ein Außenstehender nur eines vermuten, obschon sich eben das nicht zugetragen hatte.

Irgendwann später, nachdem wir uns zuvor einige Zeit lang nicht gesehen hatten, trug es sich einmal wieder zu, dass wir nachts alleine ausgingen. In der Frühe, als der Alkohol schon sämtliche Glieder gelähmt hatte, kam es dann schließlich, auch wenn nur für einen kurzen Augenblick, zu einem Kuss, der ganz und gar nicht freundschaftlich war. Ich hatte gerade einige Wochen zuvor Jules kennen gelernt und war mit ihr bereits zu diesem Zeitpunkt auf gewisse Art und Weise zusammen. Der Kuss gefiel mir indes überhaupt nicht und erfüllte mich sogar mit einer Art Ekel. Ja, Ekel ist genau das richtige Wort. Selbstverständlich taten auch die Scham und die grenzenlose Abartigkeit von uns beiden, unserem Freund so etwas anzutun, ihr Übriges, wobei es mir doch beliebt, mich mit einigen Worten der Rechtfertigung zu verteidigen. Wir hatten den Abend zuvor auf einer Feier mit ihrem Freund verbracht, bevor wir gemeinsam nach Hause fuhren. Auf der Heimfahrt schlug der selbige vor, noch etwas trinken zu gehen, und bezog sich damit in die Gestaltung des weiteren Geschehens ein. Als seine Freundin daraufhin allerdings erwiderte, sie wünsche, mit mir allein zu sein, musste ihm nur allzu offensichtlich sein, dass hier etwas Merkwürdiges vor sich ging, zumal ich mehrmals bekräftigte, fast flehend, wie sehr mir an seiner Anwesenheit gelegen sei. Dennoch entschied er sich unter dem Vorwand eines plötzlich auftretenden Unwohlbefindens, sich uns nicht anzuschließen, sondern ins Bett zu gehen. Ich fürchtete das Schlimmste, vertrat aber an jenem Abend, nachdem er sich auf derart blamable Art und Weise aus der Affäre gezogen und seine zügellose Freundin damit förmlich auf mich losgehetzt hatte, die mit Entschiedenheit zu verurteilende Meinung, dass alles, was in dieser Nacht geschehen würde, auch mit in seiner Verantwortung lag, weil er sich eben genau der selbigen entzogen hatte. Vielleicht schwang beim späteren Kuss also auch ein Hauch von Rache mit. Bezüglich meiner eigenen Freundin hielten sich die Skrupel in ertragbaren Grenzen, da unsere Beziehung nicht wirklich als feste ausgesprochen war. Selbstverständlich wäre ich umgekehrt im Dreieck gesprungen, wenn Jules damals jemand anderen geküsst hätte. Ich erwies mich zugegebenermaßen an dieser Stelle als allzu widersprüchlich.

Eine noch eigenartigere Wahrnehmung legte ich schließlich an den Tag, als ich mich einige Monate später erneut auf ein Treffen mit der nun ehemaligen Freundin meines Freundes, mit dem ich nach wie vor Kontakt hatte, einließ. Nach den anfänglichen, eher uninteressanten Gesprächen, die sich meist nur um sie, vornehmlich um ihre gescheiterte Beziehung und ihre große Liebe, drehten, kam sie mir auf dem Weg von der einen in die andere Kneipe gefährlich nahe. Und so geschah es, dass sie hemmungslos und äußerst widerwärtig und ekelhaft von ihrer Zunge Gebrauch zu machen begann und mich diese nur allzu deutlich spüren ließ. Ich war benebelt vom Alkohol und vielleicht hatten wir auf dem Weg sogar noch einen Joint geraucht, worauf ich nach dem Konsum von Alkohol nicht nur aufgrund der geschilderten Situation dringend zu verzichten rate. Es sollte bei dem einen Kuss an diesem Abend jedoch nicht bleiben, und so endete der selbige schließlich sehr unromantisch in der Nähe des Stadthauses, wo sie einen Versuch unternahm, sich von mir mit nach Hause nehmen zu lassen. In den schillerndsten Farben malte sie aus, was sich in dieser Nacht zwischen uns zutragen könnte, und versetzte auf meinen Einwand hin, eine Freundin zu haben, lediglich, dass *ein* Betrug keiner sei, frei nach dem Motto „Einmal ist keinmal". Trotz meiner angetrunkenen Stimmung erwies ich mich letztendlich als fähig, dieses Angebot abzulehnen. Ich empfand einen regelrechten Ekel bei der Vorstellung, mit ihr zu schlafen, so wie es mich ja auch bereits geekelt hatte, sie zu küssen, auch wenn ich richtiger sagen müsste, von ihr geküsst worden zu sein. Jedenfalls war der Reiz, den dieses Angebot auf mich machte, keineswegs attraktiver als die Vorhersehbarkeit der Konsequenzen, die ich mir nur allzu bewusst vergegenwärtigte.

Hätte ich mich zum damaligen Zeitpunkt nicht in einer Beziehung befunden, hätte ich mich gewiss auf das Abenteuer eingelassen, obschon ich sicher bin, dass ich auch dann im Grunde genommen keine Lust darauf gehabt hätte. Ich schätze mich indes jedoch so ein, dass ich mich in diesem Falle hätte verleiten lassen, trotzdem hier die ehemalige Freundin eines Freundes vor mir stand. Offen bleibt die Frage, wie ich reagiert hätte, wenn nicht sie, die ich ja nicht wirklich als anziehend empfand, sondern eine von mir begehrte Frau mich zum Liebesspiel aufgefordert hätte. Vielleicht eine, mit der ich mir im Stillen und Geheimen bisweilen die ein oder andere erotische Unternehmung ausmalte. Ich bin beinahe geneigt zu glauben, dass ich in solch einer Situation der Versuchung wahrscheinlich erlegen wäre. Doch dies ist derweil nichts weiter als eine Hypothese, da wohl niemals eine von mir begehrte Frau auf die absurde Idee käme, sich mir sexuell anzunähern. Und ich meinerseits bin wohl viel zu schüchtern, als dass ich es mich jemals trauen würde, mit einem Bedürfnis dieser Art auf eine Frau zuzugehen und mich dem sehr wahrscheinlichen Risiko auszusetzen, ausgelacht und verstoßen zu werden.

Ich gerate derweil wieder zu sehr ins Erzählen und lasse mich auf längst vergangene, darüber hinaus äußerst unerhebliche Geschichtchen ein. Einmal wieder schweife ich von meinem ursprünglich anvisierten Gegenstand ab, der mich im Alltag derzeit auf sehr unangenehme Art und Weise quält. Zum anstehenden Besuch meiner bei den Seminaren kennen gelernten Freundin möchte ich abschließend noch sagen, dass ich durch diesen nicht nur daran erinnert werde, wie ich in einer Freundschaft grundsätzlich dem anderen gegenüber sexuell eingestellt bin, sondern auch daran, dass ich in einer solchen offensichtlich stets auf der Hut zu sein scheine, weil ich eine unterschwellige, bisweilen aber auch spürbare Angst vor Übergriffen des anderen empfinde. Und so bin ich nun auch in Anbetracht des bevorstehenden Besuchs äußerst furchtsam und liebäugele bisweilen damit, der Situation zu entgehen und abzusagen. Ich bin indes jedoch davon überzeugt, dass ich dies unterlassen und meinen Besuch empfangen werde. Nun kommt allerdings noch hinzu, dass ich, wie bereits weiter oben offenbart, einen gewissen Universalanspruch habe, von allen (von Verwandten abgesehen) begehrt zu werden, vornehmlich ganz unmerklich. Und so bin ich durchaus auch unglücklich zu lesen, wenn mir diese gute Freundin, die sich in Kürze auf den Weg zu mir begeben wird, schreibt, dass ich ganz unbesorgt sein müsse, weil es sie sexuell keineswegs zu mir hinziehe. Obschon dieses Gefühl genau dem entspricht, was auch ich empfinde, und mir darüber hinaus eine gewisse Sicherheit verschafft, bedauere ich allzu sehr die Tatsache, im Stillen und Heimlichen nicht doch auch von der befreundeten Person begehrt zu werden, auch wenn eben nur so, dass ich dies nach Möglichkeit nicht gewahre. Ein irrsinniger Konflikt ist entfacht, der zusätzlich dadurch angeheizt wird, dass ich mir sehr wohl bewusst bin, dass ich es umgekehrt überhaupt nicht ertragen könnte, wenn Jules Besuch von einem Mann bekäme, selbst wenn es sich bei diesem nur um einen guten Freund handeln würde. Die bloße Vorstellung, sie wäre an meiner statt, löst grauenhafte Gedanken in mir aus, die ich bedauerlicherweise nicht zu vertreiben vermag. Ich komme sogleich mit Verrat und Betrug in Berührung. Diesem Gefühl folgend, verleitet es mich dazu, meinen Besuch nicht anreisen zu lassen.

Ich muss unterdessen gestehen, dass ich auch mit dem soeben Angeführten nicht das ausgesprochen habe, was mir zurzeit in meinem Alltag immer erregter durch den Kopf geht. Es handelt sich bei den jüngsten Aufzeichnungen vielmehr um Einleitungen des Eigentlichen. Es ist nämlich so, dass sich mit dem Aufkommen dieses eigentlichen Themas mein Waschzwang verschlimmert. Dieser hat sich seit dem Urlaub enorm gebessert. Ich komme indes nicht darum, niederzuschreiben, von welchen abscheulichen Gedanken ich in den letzten Tagen ergriffen werde. Es sind jene erotischen Fantasien, die ich bereits mehrmals angesprochen habe. Ich sehe mich an vielen Orten in sexuellen Ausschweifungen mit vielen verschiedenen Personen, Männern wie Frauen. Ich habe bisweilen die Empfindung, eine Begierde nach der anderen zu durchleben, durchaus auch mehrere täglich. Dabei gebe ich mich nur allzu garstigen und würdelosen Traumbildern hin, zu deren Realisierung ich in Wahrheit denn doch viel zu wenig Mut besitze. Denn es ist keineswegs so, dass es die aufrichtige Tugend ist, die mich von der moralischen Verwahrlosung fernhält, sondern vielmehr meine eigene Unzulänglichkeit, die mich zu oft erstarren lässt und infolgedessen handlungsunfähig macht. Folglich scheitere ich förmlich daran, moralisch zugrunde zu gehen, obschon sich meine tiefsten Abgründe meinen sittlichen Verfall doch nur allzu sehnlichst wünschen.

Ausgerechnet heute während meiner wahrscheinlich vorerst letzten Nachmittagsschicht an einem meiner beiden Arbeitsplätze kam ich unverhofft in die doch recht angenehme Lage, eine geschiedene junge Frau kennen zu lernen, die ich bereits vorher einige Male gesehen und für attraktiv befunden hatte. Wir kamen heute ins Gespräch und vertieften uns schließlich in dieses. Die als anfängliches Thema gewählte Musik, in der wir uns durch einen äußerst ähnlichen Geschmack auszeichneten, wurde bald von privateren, bisweilen schon intimen Gegenständen abgelöst. So sprach sie beispielsweise von ihrem Leben in Kanada mit ihrem ehemaligen Mann. Auch über Sternzeichen redeten wir. Am Ende bedankte ich mich dafür, dass sie mir eine Stunde meiner sonst eher tristen Arbeitszeit versüßt habe, und bereute zutiefst, dass ich von nun an sehr wahrscheinlich diese eine Schicht, diese einzige meiner Schichten, während der sie einmal wieder erscheinen könnte, nicht mehr übernehmen werde.

Überhaupt realisierte ich heute eine ungemein große Freude daran, mich mit Frauen zu unterhalten und zu amüsieren. Dies wird mir ganz gewiss fehlen, auch wenn ich im Großen und Ganzen sehr froh bin, einmal weniger in der Woche in diesem dunklen Keller zu arbeiten, der ein kleines Fitness-studio im Bonner Zentrum beherbergt, in dem ich wohl ab jetzt nur noch zwei Mal pro Woche meinen Dienst als Trainer antrete, es sei denn natürlich, ich werde hinausgeworfen, was zum jetzigen Zeitpunkt nicht ausgeschlossen ist, da ich dabei bin, mich wegen einer eigenen vertraglichen Angele-genheit mit meinem Arbeitgeber zu überwerfen. Dabei geht es, um das kurz zu erläutern, um mein eigenes Fitnessabon-nement, das ich einige Jahre vor meinem Beginn als Mitar-beiter abschloss und seitdem nicht aufkündigte, obschon ich bereits seit geraumer Zeit diesen Ort nur noch zum Arbeiten aufsuche. Da ich allerdings zu wissen meinte, dass das Studio finanziell schlecht dastehe, hielt ich es für angebracht, als langjähriges Mitglied zu seinem Erhalt beizutragen. Als ich jedoch vor einiger Zeit bemerkte, dass ich trotz meiner Soli-darität und freundschaftlichen Unterstützung von der Studio-leitung bisweilen äußerst schlecht behandelt werde, bat ich die selbige darum, mir bei einer außerordentlichen Auflö-sung meines Vertrags entgegenzukommen, und ging naiv-kindlich davon aus (auch wenn ich es mir wahrscheinlich genauer genommen viel eher erhoffte), dass eine faire Ver-einbarung zustande kommen würde, vor allem auch deshalb, weil ich seit vielen Jahren für einen erbärmlichen Hungerlohn dort arbeite. Mir wurde eröffnet, dass ich meinen Vertrag nur unter Fristeinhaltung kündigen könne. Nicht einmal auf meine Anfrage, meinen Tarif auf einen günstigeren umzustellen, bekam ich eine positive Antwort. Und so habe ich heute einen Zettel geschrieben, eine letzte Hoffnung auf längst schon angeführte Argumente gesetzt und sorge damit womöglich dafür, dass die Studioleitung, die mit Kritik keineswegs umzugehen vermag, mich alsbald von meiner Tätigkeit freistellen wird, zumal ich ja außerdem auch noch eine Schicht abgebe und dadurch ein Stück weit weniger gebraucht werde. Ich stelle mich indes darauf ein, mir in naher Zukunft einen neuen Job suchen zu müssen, wobei es mir sehr schwer fallen würde, diesen mir äußerst vertrauten Arbeitsplatz, an dem ich nun fast drei Jahre tätig bin, eventuell nicht nur zu verlassen, sondern sogar verlassen zu müssen. Es wäre die allererste Kündigung, die mir gegenüber ausgesprochen würde. Doch dies hoffe ich dringlich noch vereiteln zu können. So schrieb ich denn auch zum Schluss auf den besagten Zettel, dass ich an keiner Auseinandersetzung interessiert und ferner auch bereit sei, wenn unbedingt erforderlich, bis zur Wirksamkeit meiner Kündigung weiterhin den Volltarif zu bezahlen, obschon ich dies als ungerecht empfände. Auf die nun für nächste Woche anlässlich meiner nächsten Schicht anstehende Reaktion auf mein wiederholtes Anliegen bin ich äußerst gespannt. Aber wird es überhaupt zu meiner nächsten Schicht kommen? Womöglich werde ich in den nächsten Tagen benachrichtigt, meiner Dienste enthoben zu sein, was mich gar zu hart träfe. Ich habe jedoch abwiegen müssen zwischen den beiden Möglichkeiten, mich entweder einer derben Ungerechtigkeit zu beugen und dadurch gewissermaßen zu demütigen oder mich für mein Bedürfnis nach Gerechtigkeit und für einen wenigstens einigermaßen fairen Umgang mit mir einzusetzen, der bislang vollkommen ausblieb und den ich, realistisch gesehen, auch mitnichten zu erwarten habe. Oh je, was mag ich wohl mit diesem Zettel und meinen eindringlichen Worten für einen Schaden anrichten! Es erfüllt mich mit einem fürchterlichen Unbehagen.

Viertes Kapitel: Verzweiflung

Es ist nun wieder einige Tage her, dass ich mich letztmalig mit diesen meinen Aufzeichnungen beschäftigte. In der Zwischenzeit war ich zunächst aus familiären Gründen und anschließend infolge des Besuchs meiner guten Freundin verhindert. So erscheint mir das jüngst Niedergeschriebene nun nach sechs Tagen, in denen ich stark in soziale Kontakte eingespannt war und kaum einen Augenblick für mich alleine hatte, nur allzu fern, auch wenn die angesprochenen Gegenstände immer noch Präsenz in meinen Gedanken zeigen. So hat sich beispielsweise die vertragliche Angelegenheit mit meinem Arbeitgeber zu meinen Ungunsten geklärt. Die mit Spannung erwartete Schicht begann für mich mit hasserfüllten Ausbrüchen, nachdem ich auf der Pinnwand die Antwort auf meine erneute Bitte gefunden und einmal wieder hatte erkennen müssen, dass an diesem Ort und bei diesen Leuten mit keinerlei Solidarität und Menschenfreundlichkeit zu rechnen war. In einer pathetischen und verlogenen Notiz, die jeden Funken Wahrheit vermissen ließ, wurde mir die Maßlosigkeit meiner Bitte vorgehalten. Meine Chefin, die ich wie gewöhnlich an diesem Abend ablöste, verlor kein Wort über diese Angelegenheit, ganz als vermeide sie dieses Thema und habe mit ihrem Lügenwisch alles gesagt und ein für allemal klargestellt. Ich konnte mich indes jedoch nicht mit diesen leeren Worten zufriedengeben und forderte meine Chefin heraus, womit ich prompt ein Streitgespräch provozierte. Sie blockte gleich ab, verweigerte jede weitere Diskussion über die Angelegenheit und wiederholte knapp die bereits auf ihren Zettel geschmierten Unwahrheiten. Ich reagierte schnippisch, zeigte meinen Unwillen und mein Unverständnis angesichts der Rücksichtslosigkeit, die ich in dieser Entscheidung mir gegenüber zu erkennen meinte, allzu deutlich. Rasch verschwand das Frauenzimmer, dem im Übrigen in unserem Fitnessstudio seitens der Mitglieder große Unbeliebtheit entgegengebracht wird. Ich geriet in Hass und ließ mich in der Folge bei den Anwesenden recht heftig über die mir widerfahrene Ungerechtigkeit aus. Später bereute ich diese meine Zügellosigkeit, denn ich hatte in aller Öffentlichkeit nur allzu hässlich auf die Studioleitung geschimpft und mich als absolut unfähig erwiesen, mich auch nur im Geringsten im Zaum zu halten. Zwar vermag ich wohl berechtigterweise auf die Verschwiegenheit der Mitglieder zu hoffen, die mich nicht erst seit gestern kennen und sich mir mit viel Verständnis zuwandten, doch sollte ich in Zukunft solche Ausbrüche vermeiden, wenn ich beabsichtige, nicht gekündigt zu werden, da man ja nie ausschließen kann, dass nicht doch das ein oder andere Wort an die falsche Adresse getragen wird. Im Laufe des Abends fügte ich mich dann aber schließlich meinem Schicksal und beschloss, weiterhin meine Beiträge zu bezahlen und eine Fortsetzung der Diskussionen zu unterlassen, wenngleich ich ein großes Verlangen verspürte, den Kampf um Gerechtigkeit fortzusetzen. Meine Gelüste ließ ich jedoch der Vernunft weichen und entschied ferner, mich nun nach einer anderen Tätigkeit umzuschauen, um nicht weiter in diesem Fitnessstudio arbeiten zu müssen. Dennoch durchfährt mich immer wieder ein Gefühl von Traurigkeit, wenn ich an diesen meinen Arbeitsplatz denke, an dem ich nun schon so lange festhalte.

Ich bin indes allerdings von gänzlich anderen Gedanken ergriffen, die sich um meinen derzeitigen äußerst labilen Zu-

stand drehen. Angesichts des in den letzten Wochen eingetretenen Frühlings und des abgesetzten Medikamentes, das
mir, wenn auch auf nicht zu leugnende Kosten meiner Psyche, einen immensen Schutz gewährte, werde ich regelmäßig
von Fieber erfasst und erleide vor allen Dingen einen gar zu
fiesen Heuschnupfen, der mich all meiner Kräfte beraubt und
mir nur allzu großes Unwohlbefinden zufügt. Ich vermag
unter diesen Umständen das gute Wetter mit keiner Faser
meines Körpers zu genießen und verabscheue es zutiefst,
zumal ich mich an der allgemeinen Heiterkeit, die sich im
Zusammenhang mit den sonnigen Temperaturen eingestellt
hat, nur allzu sehr störe und die zu ertragen ich schier unfähig bin, da sie einen gar zu fiesen Kontrast zu meinem seelischen Leiden darstellt. Darüber hinaus verstärken die er-
wachten Frühlingsgefühle meine heimlichen Leidenschaften,
auf die ich hier aber schon zur Genüge eingegangen bin,
sodass ich mich nun kurz fassen werde. Beim Anblick attraktiver, leicht bekleideter Männer, die ihren gestählten Körper
zur Schau stellen, oder Frauen, die ihre Konturen preisgeben
und tiefere Einblicke gewähren, werde ich nicht selten von
sinnlichen Lüsten ergriffen und gebe mich wieder schändlichen Träumereien hin, in denen ich meinen Körper nur allzu
schamlos und sündig hergebe. Vor allen Dingen sind es die
halbnackten Männerkörper, die mich so sehr zu faszinieren
wissen, dass ich vor sexuellen Gelüsten beinahe platze und
das Bedürfnis nach einem leidenschaftlichen Kontakt kaum
zu unterdrücken vermag, obschon mich genau dieses äußerst
beschämt und Ratlosigkeit in mir hervorruft, da ich dessen
Unvereinbarkeit mit meiner Liebesbeziehung nur allzu deutlich erkenne. Doch neben dem konstanten Gefühl, unbefrie-
digt zu sein, ist da ja auch noch diese eine verfluchte Stimme
in mir, von der ich ebenfalls bereits geschrieben habe, die
mit aller Klarheit zu mir spricht und sagt, dass niemand mich
begehren würde, selbst wenn ich frei wäre, weil ich nur allzu

hässlich und unerotisch sei. Folglich ist es eine ununterbrochen andauernde Wertlosigkeit, mit der ich jeden Tag durch die Welt gehe und die ich nur dann nicht spüren muss, wenn ich ganz für mich alleine bin. Der Wunsch, diese Wertlosigkeit aufzulösen, äußert sich in meinem immer wiederkehrenden Traum, leidenschaftlich verführt zu werden oder aber mit Erfolg eigenständig zu verführen. Erfüllte sich jener, so bilde ich mir ein, wüsste ich bestätigt, dass ich doch nicht wertlos bin. Doch die Beziehung und der fehlende Mut und wahrscheinlich vor allem meine geistige Verwirrung und mein krankhafter Zustand, der mir nur allzu deutlich ins Gesicht geschrieben steht, verhindern eine Auflösung meiner Wertlosigkeit durch Realisierung meiner erotischen Träume.

Mein Waschzwang gestaltet sich indes äußerst hässlich, denn nach der kurzfristigen Besserung hat er mich nun wieder voll und ganz im Griff, sodass auch der Besuch meiner guten Freundin mitunter sehr unangenehm verlief, da ich mich bisweilen nur gar zu idiotisch betrug und meine Neurosen mit unverkennbarer Offensichtlichkeit zeigte. Jeder Ansatz eines Versuchs, meine krankhaften Impulse zu unterdrücken und vor der Freundin zu verbergen, scheiterte kläglich und ich genierte mich gewaltig. Da wir den Großteil der Zeit ohne konkrete Pläne in meiner mir verhassten Wohnung zubrachten, befand ich mich in einem Zustand permanenter Aggression, die wie üblich die lärmenden Geräusche aus den Nachbarwohnungen hervorriefen. Ich wollte hinausgehen, aktiv sein und etwas unternehmen, doch befand ich mich in einer derartigen Starre, dass ich kaum einen Vorschlag zu unterbreiten fähig war. In der Folge verharrten wir zumeist im mir ungeheuren Nichtstun. Meine Freundin zeigte sich derweil als äußerst bescheidener Gast, aß kaum und trank fast ausschließlich vom Wasserhahn, sodass ich mit nur sehr wenig meine ungeschminkte und hässliche Wirklichkeit zu kompensieren vermochte und mich folglich so präsentieren musste, wie es mir tatsächlich erging. Dies kostete mich viel Überwindung und ich hatte mitunter den dringenden Impuls, mich unter meiner Bettdecke zu verkriechen und hier in der Abgeschiedenheit mein weiteres Dasein zu fristen, um dem Besuch, vor dem ich mich so grässlich schämte, zu entfliehen.

An einem der zwei Tage, die meine Besucherin bei mir zubrachte, unternahmen wir einen ausgiebigen Spaziergang, bei dem mich beständig die Empfindung begleitete, ganz und gar vom Leben ausgeschlossen zu sein. Während sich die halbnackte Mehrheit mit angenehmem Wohlbefinden des sonnigen Wetters erfreute, trieften bei mir Augen und Nase und ich irrte mit aufgedunsenem Gesicht durch die Straßen und entlang des Rheins in den Bonner Rheinauen, wo sich in dieser Jahreszeit die ganze Schönheit der Natur zeigt. Meine paranoide Angst vor Beschmutzung gewährt mir darüber hinaus im Freien einen nur sehr begrenzten Spielraum und ich bin stets bemüht, mit nach Möglichkeit nichts in Berührung zu kommen, denn ich erblicke an einem jeden Fleck Hinterlassenschaften der Vögel, vor denen es mich ekelt und von denen ich einst hörte, sie könnten sogar schreckliche Krankheiten übertragen, wenn man mit ihnen in Berührung komme. Meine eigene Begrenztheit führt mich in völlige Isolation und hindert mich vollends an der Teilnahme am gesellschaftlichen Leben, zu dem ich mich auf keine Weise für fähig befinde. Und während beinahe ein jeder begeistert sein Kleid vom Leibe reißt und seinen Körper zeigt, für den er womöglich in der kalten Jahreszeit hart gearbeitet hat, schäme ich mich gar zu sehr, meinen dürren und abgemagerten Leib, der eine jede schöne Form vermissen lässt, in aller Öffentlichkeit zu präsentieren.

Trotzdem ich indes ganz und gar von sich immer mehr steigernden Lustgefühlen infolge meiner fortwährenden erotischen Traumbilder ergriffen bin, vermag ich diese körperlich nicht auszudrücken. So entlädt sich die angesammelte Spannung nach einer regelrechten Übererotisierung sehr prompt und in keiner Weise erfüllend. Die Ernte fällt gar zu mager aus und ich bin beinahe geneigt zu sagen, dass sich der Aufwand angesichts des ernüchternden Ertrags mitnichten lohnt. Darüber hinaus gewahre ich seit einigen Wochen, dass ich massive Schwierigkeiten habe, mein Becken zu schlagen. Diese den meisten Menschen innewohnende Fähigkeit bleibt bei mir gänzlich aus und ich keuche vor gereizter Anstrengung bereits nach drei leichten Beckenschlägen. Das selbige zeichnet sich durch eine äußerst schwache Ladung aus, die mir in der Vergangenheit aufgrund meiner meist eher passiven Rolle beim Liebesspiel nicht bewusst war. So trifft mich diese Erkenntnis doch gar sehr hart und ich fühle mich förmlich in meiner Männlichkeit bedroht, büße ich doch schließlich eine ganz entscheidende und durch und durch wesentliche männliche Fähigkeit ein. Doch da ist vorerst weiter nichts zu machen. Sicherlich hängt diese offensichtliche Blockade meines Beckens auch mit meiner mangelnden erotischen Ausstrahlung zusammen. Vielleicht ist sie ferner auch der Grund für mein meist verstörtes Auftreten, mit dem ich fürwahr den ein oder anderen gewaltig zu verschrecken vermag, was mich über alle Maßen beschämt.

Mag ich aber nun zu einem anderen Gegenstand übergehen. Im Moment durchlebe ich große Verlassenheitsängste und fürchte einen jeden Tag, betrogen und auf ewig verletzt zu werden. Die Ausnahmesituation, in der sich meine Beziehung befindet, könnte mit gar zu unangenehmen Wendungen aufwarten, zumal die Empfindung berechtigt ist, dass der allzu krankhafte Zustand meines Wesens Jules durchaus in die Arme eines anderen treiben könnte. Ich schätze mich sehr glücklich, dass sie nach wie vor an meiner Seite steht und mir mit einer scheinbar unerschütterlichen Liebe zu begegnen pflegt. Und doch ängstigt es mich in Anbetracht meiner eigenen Begierden ganz besonders, dass auch sie solche hegen und sich ihnen um einiges leichter als ich hingeben könnte, da ihr Zustand um Längen gefestigter ist und überhaupt ohne jedes Anzeichen einer Geisteskrankheit daherkommt. Außerdem könnte sie nur allzu leicht den Verführungskünsten eines attraktiven Mannes erliegen, da sich das vermeintlich starke Geschlecht hierin überaus hartnäckiger und gewissermaßen unerschrockener präsentiert, wobei ich mich persönlich darin überhaupt nicht wiederfinden kann. Ein jeder Tag vermag den Verlust meiner Freundin zu bringen, da sie eine sehr begehrenswerte Frau ist, um die zu bemühen sich durchaus einige anschicken könnten, während ich erfolgreich mit meiner imaginären Mauer einen jeden auf unüberwindbaren Abstand zu halten suche, sodass das Ausbleiben einer Annäherung zwingend die logische Folge sein muss. Ich bin indes davon überzeugt, dass sich dieses Ungleichgewicht unbedingt rächen wird, und ich vermag dabei auch das Schlimmste nicht auszuschließen. Dies ist nicht selten das, was mich in große Panik versetzt und viele Tränen vergießen lässt. Vor allen Dingen aber stehe ich infolge der Annahme, ich könne ausschließlich durch eine sofortige Genesung meines kranken Geistes meine Familie erretten, nicht selten unter einem gewaltigen Druck. Da mir dies allerdings nicht zu gelingen beliebt, quäle ich mich mit Selbstvorwürfen und male mir eine pechschwarze Zukunft aus, in der ich einem Betrug unmittelbar bevorstehe. Doch wie lässt sich das Unglück abwenden? Muss es tatsächlich unfehlbar eintreten, obschon es doch voraussehbar ist? Wieso sollte sich Vorhersehbares nicht verhindern lassen? Ich müsste eingreifen, mich gegen das drohende Unheil aufbäumen und es mit aller Macht vertreiben. Ich bleibe indes jedoch ein untätiger Zuschauer und wage keinen Schritt in dieses mir so ungeheure Terrain. Eigenartigerweise pflegt es mir in dieser verzweifelten Ohnmacht und Hoffnungslosigkeit eindeutig besser oder, richtiger gesagt, überhaupt nur dann zu gelingen, mir sexuelle Befriedigung zu verschaffen und mich mit einem gewissen Vergnügen zu entladen. Mir erscheint es keineswegs plausibel, warum es diese bedrohlichen Verlassenheitsszenarien sind, die mir den entscheidenden Zugang zu meiner sinnlichen Lust zu finden und diese auszukosten beibringen, während die eigenen leidenschaftlichen Empfindungen offensichtlich das genaue Gegenteil bewirken.

Ich muss derweil erneut das Thema wechseln und auf etwas zu sprechen kommen, was mir in der gegenwärtigen Situation nicht aus dem Kopfe gehen mag. Schrieb ich weiter oben, ich hätte mich auf meiner Arbeit meinem Schicksal gefügt und beschlossen, meine dortige Tätigkeit wie gehabt fortzusetzen, so entsprach dies der reinen Wahrheit. Dennoch bin ich seit diesem Entschluss immer wieder von Angstgefühlen ergriffen, die sich um eine mögliche Kündigung handeln, die mir seitens meines Arbeitgebers ausgesprochen werden könnte. Doch wieso fürchte ich das? Auf meinen letzten Schichten habe ich vor einer Vielzahl von Mitgliedern einige schäbige Beleidigungen gegen die Studioleitung geäußert, die zwar trotz ihrer Unerhörtheit allesamt der Wahrheit entsprachen, gerade aber deshalb wohl den Beleidigten nur allzu sauer aufstießen, wenn sie davon in Kenntnis gesetzt würden. Und da ich die Zügellosigkeit meines Tuns in den jeweiligen Situation erst zu spät gewahrte, hege ich nun die Befürchtung, dass sich ein anwesend gewesenes Mitglied an meine Chefin wenden und ihr das von mir Ausgesprochene offenbaren wird und ich anschließend aufgrund dessen, dass die Hässlichkeit meiner Meinung über sie enttarnt worden wäre, all meiner Dienste enthoben werden könnte, worin ich derzeit ein mich mit Schrecken erfüllendes Unheil sehe. Ich möchte in keinem Fall gekündigt werden, allenfalls selbst irgendwann die Arbeit niederlegen und durch eine neue und lukrativere ersetzen, wobei ich entschieden bin, das Arbeitsverhältnis in keinem Fall im Skandal beenden zu wollen, da ich mich grundsätzlich nur sehr ungern im Streit trenne. Folglich muss ich mich in Zukunft, ja am besten gleich sofort zusammenreißen und keine weiteren schmutzigen Worte über meine Vorgesetzten verlauten lassen. Ich erlaube mir jedwede Bosheit mit aller Bewusstheit zu denken und anschließend hier schriftlich niederzulegen, wobei ich mir jedoch strikt verbiete, mich damit an irgendein Mitglied oder eine sonstige Person, die mit dem Fitnessstudio in Verbindung steht, zu wenden. Kann ich dies in die Tat umsetzen, verhindere ich weitere Schandtaten, auch wenn nach wie vor zu befürchten ist, dass die bereits begangenen ans Tageslicht kommen. Ich kann jedoch die Zeit nicht zurückdrehen und das Gesagte zurücknehmen, so sehr ich es mir in dieser Angelegenheit auch wünsche. Ich werde mich wohl also auch dieses Mal in mein Schicksal einfinden und darauf hoffen müssen, dass ich glimpflich davonkomme.

Es wäre an meiner statt wohl um einiges angebrachter, sich wegen der universitären Betätigung Sorgen zu machen, da ich diese nur allzu sehr vernachlässige. Ein jeder Funken Ernsthaftigkeit ist mir abhanden gekommen. Und wenn man von den wenigen wöchentlichen Veranstaltungen absieht, die ich mit gewisser Unregelmäßigkeit besuche, investiere ich nicht einen Augenblick meiner mir zur Verfügung stehenden Zeit, die ich ja ohnehin größtenteils unnötig verschwende, auf das Studium. Unter dem Vorwand, ich hätte Wichtigeres zu tun, um dann im Bette liegen zu bleiben, drücke ich mich erfolgreich vor einer jeglichen Aktivität in diesem Bereich.

Eigentlich habe ich gestern Nacht, als ich den letzten Absatz beendete, beschlossen, die Schreiberei vorerst bleiben zu lassen und eine Pause einzulegen, da sich mir der Eindruck aufdrängte, nur noch aus einem gewissen Schreibzwang, nicht aber aus dem Bedürfnis heraus, mich mit meinen Gefühlen mitzuteilen, dieser Tätigkeit nachzugehen. Darüber hinaus kommt es mir so vor, als handele es sich bei dem jüngst schriftlich Niedergelegten nur noch um endloses, sich ewig wiederholendes Geseier, das aus einer gewissen Verlegenheit und Hilflosigkeit heraus und in dem Bedürfnis, weitere Seiten zu füllen, zu Papier gebracht wird.

Nun hat es sich heute im Laufe des Tages allerdings zugetragen, dass ich mit jemandem ein Gespräch führte, das mich mit neuen, wenn auch durchaus bekannten Gedanken erfüllte. Ich werde die Anonymität dieser Person wahren, indem ich weder erzählen werde, um wen es sich handelt, noch was sich genau zugetragen hat. Ich werde mich auf das Nötigste beschränken, um rasch zu dem überzugehen, womit ich durch das von ihr Gesagte in Berührung gekommen bin. Sie erzählte mir davon, dass sie jüngst mit einer abscheulichen Erinnerung in Berührung gekommen sei, die sie in den letzten anderthalb Jahrzehnten beiseite geschoben habe, obschon es nicht so gewesen sei, dass sie sich nicht habe erinnern können. Sie habe sich ihr vielmehr nicht entsinnen *wollen* und ferner auch mit niemandem darüber gesprochen. Nun wurde die von ihr erfahrene Verletzung allerdings bei einem bestimmten Ereignis, auf das ich ebenfalls nicht näher eingehen werde, ans Tageslicht gebracht. Obgleich es ihr heute offensichtlich schwer fiel, mit mir darüber zu sprechen, und sie auch die Befürchtung äußerte, ich könnte es gar zu lächerlich finden, fasste sie sich schließlich doch ein Herz und sprach über die ihr vor vielen Jahren zugefügte Wunde. Ich denke indes, dass ich nicht zu viel preisgebe, wenn ich schreibe, dass es sich dabei um ein grenzüberschreitendes Erlebnis handelte.

Mir ist sehr nahe gegangen, was die betroffene Person mir unter Tränen erzählte, und ich hatte großes Mitgefühl. Ihre Befürchtung, ich könnte die Angelegenheit für lächerlich befinden, bestätigte sich also keineswegs. Ich war sogar richtig betroffen und sogleich wieder nüchtern, hatte ich noch vor dem Gespräch einen Joint geraucht und war dementsprechend zu Anbeginn unserer Unterhaltung ein wenig benebelt gewesen. Ihre Worte berührten mich wahrhaftig sogar derart, dass ich mit einer tiefen Angst von mir in Berührung kam, von der zu sprechen mir lange Zeit äußerst schwer gefallen war und die auch jetzt auszudrücken mir schier unmöglich erscheint. Ich habe bisweilen panische Angst davor, dass ich, weil ich als erwachsener Mann die Fähigkeit besitze, einen anderen Menschen zu vergewaltigen, von dieser Möglichkeit Gebrauch machen könnte. Ich möchte an dieser Stelle betonen, dass ich diesbezüglich nicht nur in mir eine überaus scharf verurteilende Meinung gewahre, sondern auch darüber hinaus überhaupt keine erotischen Fantasien in dieser Hinsicht hege. Ich bin nicht ein wenig zu lügen gezwungen, wenn ich behaupte, dass mich diese Vorstellung keineswegs reizt, sondern, ganz im Gegenteil, anwidert und abstößt. Doch gerade diese energische und emotional geladene Ablehnung und Verurteilung lassen in mir die Angst gedeihen, dass auch ich mich in einer Ausnahmesituation dazu hingehen lassen könnte, einen mir unterlegenen Menschen zu missbrauchen. Wie wird man zum Vergewaltiger? Mit großer Sicherheit plant niemand, so etwas in seinem Leben zu tun. Und wenn es dann das erste

Mal geschieht, wird er höchstwahrscheinlich dermaßen traumatisiert sein, dass er, von seiner dunklen Fähigkeit ganz ergriffen, weitere Schandtaten dieser Art begehen wird. In aller Macht seiner geistigen Kräfte jedoch vermag wohl niemand ein solches Verbrechen auszuüben, da die Schändlichkeit nur allzu offensichtlich ist. Doch was ist es, was die Macht hat, den Verstand auszuhebeln, der wohl bei jedem eine Vergewaltigung als unverzeihliches Verbrechen ansieht? Und kann ein Täter anschließend sein Leben überhaupt noch als lebenswert empfinden, wenn er doch bei jedem Blick in den Spiegel weiß, dass er einem anderen Menschen einen großen und unvergänglichen Schmerz zugefügt hat? Ich bin davon überzeugt, dass man sich als Vergewaltiger unendlich elend fühlt und sich selbst für derart hässlich und unerträglich befindet, dass man wie unter Zwang mit seinen Abscheulichkeiten fortfahren muss, um den Hass gegen sich selbst aufrechtzuerhalten, da das wohl das einzige ist, was einem dann noch bleibt. Ich vermag mir indes nicht auszumalen, was jemanden dazu bewegt, sich freiwillig auf diese barbarische Weise zugrunde zu richten, doch ist mir gerade diese Unfähigkeit nur allzu ungeheuerlich, da ich große Angst habe, dass auch mich das mitunter harte Leben in einem schwachen Moment in dieser Hinsicht prüfen wird und ich versagen und damit meinen Untergang besiegeln könnte. Eine solche Tat wäre ich mir nie im Leben zu verzeihen fähig und ich bin davon überzeugt, dass ich damit überhaupt nicht zurechtkäme. Ich vermag mir derweil kein grausigeres Schicksal zu denken als das eines Vergewaltigers und stelle es mir um einiges schlimmer vor, als zu sterben. Doch allein die Panik vor dieser theoretischen Möglichkeit, Vergewaltiger zu werden, führt mich an den Rande des Wahnsinns und ich glaube mitunter, dass diese Angstgedanken auch der Auslöser für die Rückkehr meines Waschzwangs waren. Vor allem im Zusammenhang mit den unkoordinierten Störgeräuschen aus den Nachbarwohnungen habe ich schon einige Anfälle erlitten, bei denen ich derart in Raserei geriet, dass ich die Empfindung hatte, wild um mich schlagen oder irgendwelche Gegenstände durch die Gegend werfen zu müssen. Ich erwähnte bereits weiter oben, dass ich in solchen Situationen auch durchaus zu schreien oder mir die Haare auszureißen pflege. Bei letzterem bin ich mir nicht ganz sicher, ob ich dessen schon Erwähnung gefunden habe. Aber wer garantiert mir denn, dass ich nicht in solch einer verzweifelten Lage meine Hose herunterziehe und einen wehrlosen Menschen, womöglich noch mein eigenes Kind, aus einem kompletten Versagen heraus missbrauche? Und danach ist alles vorbei, jeder Funken Schönheit, den das Leben noch zu bieten hatte, auf immer erloschen. Unwiderruflich hat man sich selbst zum Tode verurteilt, obwohl man ganz von Sinnen und wie von fremder Hand darunter die Unterschrift gesetzt hat. Ich frage mich ernstlich, was es indes bei mir mit dieser Angst auf sich hat. Mir ist schleierhaft, warum ich mich mit einem solchen Gegenstand auseinandersetze und mich zu Tode ängstige. Ich frage mich, ob schon allein die Angst krankhaft ist und ich mich wegsperren lassen sollte, um ihr nicht zum Opfer zu fallen. Ich habe mich, nebenbei bemerkt, mit diesen meinen Gedanken beim vorletzten Seminar einigen Kursteilnehmern gezeigt und die Erfahrung machen dürfen, auch mit diesen in Liebe und Verständnis angenommen zu werden. Doch quälen sie mich mitunter nach wie vor gar zu sehr.

Mir vermag indes noch ein weiterer äußerst quälender Gegenstand seit dem vorhin erwähnten Gespräch nicht mehr aus meinen unermüdlichen und nie zur Ruhe kommenden Gedanken zu gehen. Es handelt sich dabei derweil vielmehr um eine Geschichte, die mir die betroffene Person erzählte und in der ich mich an einer unliebsamen Stelle wiederfand.

In dieser Geschichte geht es um eine Frau, die in früheren Zeiten von einer unstillbaren Wollust ergriffen und beinahe geplagt wurde. Ihre Gelüste gingen sogar so weit, dass sie bisweilen, wenn auch wahrscheinlich nur im Scherz, damit liebäugelte, einen fremden Mann auf der Straße zu überfallen und zum Geschlechtsakt zu verführen. Dann traf sie schließlich einen Mann, mit dem sie sich verheiratete, und wenig später war von den leidenschaftlichen Anflügen keine Spur mehr vorhanden. Sie hatten sich buchstäblich aufgelöst und die Frau hatte überhaupt keine Lust mehr, sich sexuell zu betätigen, auch nicht mit ihrem Ehemann. Nun bekam sie eines Tages Besuch von einer Freundin, die anschließend, als sie nach dem Treffen nach Hause zurückgekehrt war, gewahrte, dass sich ihre gesamte sexuelle Energie während des Aufenthalts in der Wohnung der Freundin offenbar zurückgezogen hatte, weil sie für die Dauer des selbigen überhaupt nicht in der Lage gewesen war, ihr Becken zu spüren. Anlässlich des Besuchs hatte sie ferner den Ehemann der Freundin kennen gelernt, von dem sie überzeugt war, dass er der Auslöser für die Zurückdrängung all ihrer sexuellen Empfindungen gewesen war. Obschon die nun folgende Beschreibung des Mannes recht mager ausfiel und Eindeutiges über ihn nicht berichtet werden konnte, stellte sich der selbige als sehr zwanghafter und kontrollierender Mensch heraus. Er hatte mit seiner krankhaften Penetranz offensichtlich jeglichen Funken sexueller Energie nicht nur aus der eigenen Frau, sondern auch aus deren Freundin ausgemerzt. Und nun ist es nicht allzu schwer zu erraten, dass ich mich in eben jenem Mann und plötzlich vor der lang ersehnten, wenn auch zutiefst gefürchteten Erklärung dafür wiederfand, warum ich von scheinbar niemandem als erotisch oder in irgendeiner Weise sexuell attraktiv angesehen werde. Warum niemand Lust darauf hat, mit mir zu schlafen. Rein objektiv gesehen bin ich bestimmt kein so sehr hässlicher Mensch, wenn man von meiner einschläfernden und äußerst eigenartigen Mimik absieht. Auch sind meine Haare immer unordentlich und entgleisen mir regelrecht. Ferner habe ich des Öfteren gewaltige Augenringe, die aber wohl vor allem auf meinen Drogenkonsum zurückzuführen sind. Und doch bin ich bei all dem kein unansehnlicher Mensch, zumindest ein nicht allzu sehr unansehnlicher. Allerdings habe ich keineswegs die Empfindung, mit einer erotischen Ausstrahlung daherzukommen, sodass sich vielleicht der ein oder andere dächte, dass er gerne einmal mit mir schliefe. Ich erfahre, um es in anderen Worten auszudrücken, keinerlei sexuelle Bestätigung seitens meines Umfeldes, wobei ich förmlich danach dürste.

Paradoxerweise schrieb mir Jules derweil in einer Nachricht, dass sie Lust darauf habe, mit mir zu schlafen, was ich denn aber sogleich aus meinen Schlussfolgerungen ausklammerte und mir diese Ausnahme damit erklärte, dass ich sie schon so tief hinab in diesen abscheulichen und krankhaften Sog gezogen hätte. Sie sei regelrecht verflucht von mir, meinte ich zu wissen und weiß bis zum gegenwärtigen Augenblick nicht, ob dies nicht auch in jeder Hinsicht zutreffend ist. Ich gewahre jedenfalls, dass ihre offensichtlichen sexuellen Gefühle für mich nicht von einer allzu großen Bedeutung sind. Ich weiß sie mitnichten zu schätzen und müsste mich schämen, dieses wertvolle Geschenk so fies und gemein mit den Füßen zu treten. Ich scheine jedoch so sehr auf der Suche nach etwas anderem zu sein, was ich nicht zu finden vermag.

Und obschon das Folgende nun wahrscheinlich wie aus der Luft gegriffen erscheint und womöglich kein Zusammenhang mit dem soeben Angeführten zu erkennen ist, kommt mir jetzt gerade in den Sinn, dass ich einen jeden Augenblick in der beständigen Angst lebe, im nächsten Moment einen entscheidenden Fehler zu begehen. Vielleicht ist es auch genau das, was mich in letzter Zeit mit so großer Leidenschaft ans Schachbrett heranführt, von dem ich mich in der Vergangenheit stets fernzuhalten pflegte. Wohl gemerkt, ich bin ein ziemlich schlechter Schachspieler und kenne im Grunde lediglich die Regeln, wobei es mich nie sonderlich interessierte, mich näher damit zu befassen. In der letzten Zeit fordere ich derweil immer öfter jemanden zur Partie auf, wobei ich dann im Spiel fast immer der Unterlegene bin. Es erfüllt mich dennoch mit einer unglaublichen Freude und ich habe jedes Mal das Gefühl, etwas Neues und Wichtiges zu lernen. Es mag sehr eigenartig klingen, aber ich habe gewissermaßen den Eindruck, das Schachbrett als Spiegel des Lebens betrachten zu können. Es gibt unendlich viele Möglichkeiten und Wege, die es Stück für Stück zu ergründen gilt. Ich bin indes nicht sicher, ob ich mich mit diesen Ausführungen verständlich machen kann oder aber nicht viel eher auf großes Unverständnis stoße. Ich denke wie auch immer, dass ich es hierbei erst einmal belassen und dieses Kapitel schließen werde.

Fünftes Kapitel: Zweifel

Ich habe indes an Einsicht gewonnen und vorläufig beschlossen, mich in der nächsten Zeit von der Schreiberei fernzuhalten. Abschließend zu den jüngsten Aufzeichnungen, die nun auch schon wieder einige Tage, ja fast sogar eine ganze Woche zurückliegen, möchte ich anführen, dass ich nicht nur große Angst habe, im *nächsten* Augenblick einen verhängnisvollen Fehler zu machen, sondern ebenfalls jederzeit befürchte, im gerade vergangenen Moment einen solchen begangen zu *haben*. Die Gegenwart ist also zu fast jeder Zeit von quälenden Fragen vernebelt, die entweder die

Vergangenheit oder die Zukunft betreffen, und lässt sich wahrscheinlich gerade deshalb nur allzu schlecht ertragen. Und adäquat dazu verhält es sich bei mir mit dem Schreiben. Entweder quäle ich mich ob der durch meine lächerlichen Worte hervorgebrachten Peinlichkeiten, die ich bereits zum Besten gegeben habe, oder aber mich beschäftigt die niederschmetternde Befürchtung, dass ich nichts weiter zu Papier werde bringen können und allein mit all den bis hierhin von mir geäußerten Beschämungen dastehen muss.

Gerade im Moment kommt ein großer Zweifel an meiner Entscheidung auf, die Schreiberei vorerst nicht weiter zu betreiben. Ich bin doch wahrlich weiterzuschreiben gezwungen, schon alleine um der Selbstgespräche willen, die es zu verhindern gilt, wobei ich einräumen muss, dass ich nach wie vor in solche verfalle und mitunter äußerst leidenschaftlich mit mir ins Diskutieren komme. Ferner macht das Schreiben einen Großteil meines derzeitigen Lebensinhalts aus. Neben meiner doch wohl eher anspruchslosen Tätigkeit als Trainer, dem Studium, das ich im höchsten Grade vernachlässige, und meiner Familie, von der ich getrennt lebe, hat sich das Schreiben zu einer wahrhaftigen Leidenschaft entwickelt und ich suche darin förmlich mein Heil, weil ich mich hier mit meinen abscheulichen Gedanken und Wünschen in all ihrer hässlichen Nacktheit zeigen kann. Ich wende mich an ein lebloses Medium, das auf ewig mein einziger, wenn auch stummer Zeuge sein wird. Doch wie verfahre ich derweil mit der von mir getroffenen Entscheidung, die Schreiberei fürs Erste an den Nagel zu hängen? Was man verspricht, das sollte man auch halten. Doch will ich mich ihrer tatsächlich berauben? Davon bin ich keineswegs überzeugt. Ich denke, dass ich diesen meinen Beschluss noch einmal überdenken und womöglich korrigieren muss, falls ich es für angebracht befinden sollte, die Schreiberei wider jeder Vernunft fortzusetzen. Ich vermag jedoch im Moment keinen konkreten Zeitpunkt zu benennen, wann ich meine endgültige Entscheidung verkünden werde, zumal ich mir die Freiheit zu nehmen wünsche, mich mit aller Sorgfalt einer gründlichen Untersuchung zu unterziehen. Damit diese jedoch zu gelingen vermag, darf sie nicht unter Zeitdruck vonstattengehen.

Sechstes Kapitel: Verachtung

Es ist ganz und gar unglaublich. Hatte ich mich doch im Laufe des Tages dazu entschieden, mit der Schreiberei nun vorerst doch nicht aufzuhören, haben sich in den letzten Stunden auch die Zweifel an diesem neuen Beschluss verstärkt. Mein Kopf droht hinsichtlich der gewaltigen Fülle von Gedanken förmlich zu explodieren. Es fällt mir jedoch unglaublich schwer, einzelne zu erfassen und in Worten wiederzugeben. So habe ich mich letzten Endes darauf eingelassen, mich erneut an meinen Schreibtisch zu setzen und zu schauen, was passiert, wenn ich hier Platz nehme. Ich bin sehr gespannt, was und ob sich überhaupt etwas daraus entwickeln wird.

Mein zurzeit ziemlich erregter Gemütszustand wird zum Teil durch ein äußeres Ereignis hervorgerufen. In Polen und in der Ukraine ist die Europameisterschaft in Gange und dieses von mir durchaus mit Spannung erwartete Spektakel hat mich in einige innere Konflikte zu verwickeln begonnen. Einerseits bin ich ein großer Freund des Fußballs und verfolge die Liga hierzulande regelmäßig und mit großer Leidenschaft. Andererseits entpuppt es sich für mich indes als ein schier unmögliches Unterfangen, für die deutsche Nationalmannschaft zu hoffen. In der Vergangenheit hatte ich stets als erkennbarer Gegner der selbigen zu prahlen und gleichzeitig zu provozieren gepflegt, bevor ich mir dieses Mal ganz fest vornahm, von nun an die eigene Fahne zu schwenken. Doch gleich im ersten Spiel gewahrte ich, dass meine Sympathien aufgezwungen waren und keineswegs einem aufrichtigen Gefühl entsprangen. Ferner begann ich, die sich auf den Straßen zeigende Euphorie und das einhergehende, plötzlich aufflammende Nationalgefühl mit großer Entschiedenheit abzulehnen. Ich finde es nicht falsch, stolz auf sein Land zu sein, betrachte es jedoch als äußerst lächerlich, wenn ein solches Empfinden von jetzt auf gleich über ein ganzes Volk gestülpt wird, in dem für gewöhnlich ein ganz und gar gegenteiliges üblich ist. Es wirkt unecht, wenn die Menschen plötzlich in Flaggen gehüllt und über und über in Schwarz, Rot und Gold getaucht auftreten, zumal die Dauer dieses eigenartigen Nationalgefühls auch nur solange wie das Ereignis selbst währt. Danach ist der Spuk vorbei und niemand gibt mehr einen Pfennig darauf, ein Deutscher zu sein. Auch mit dem Zusammenhalt, der als Folge der gemeinsamen Hoffnung auf den Titelgewinn des eigenen Landes im Turnierverlauf gelebt zu werden scheint, nimmt es ein jähes, aber ganz und gar absehbares Ende. Da der Sport an sich indes, um den es ja eigentlich bei solch einem Ereignis gehen sollte, einen Großteil derer, die da auf die Straßen gehen und wie im Rausche feiern, überhaupt nicht interessiert, frage ich mich ernstlich nach dem Sinn dieser aufgezogenen Raserei. Die Medien schüren den Wahn und bombardieren die arme Bevölkerung mit ihren Berichterstattungen. Die Masseneuphorisierung zeigt sich im gesamten Alltag und praktisch an jedem Ort. Selbstverständlich lädt die Stimmung zum Konsum ein und manch einer feiert eine teure mehrwöchige Party, die er sich eigentlich gar nicht leisten kann, sich anlässlich der Ereignisse allerdings gönnt, um dies anschließend bitter zu bereuen.

Bei dem ganzen Theater wird der eigentliche Gegenstand, der Fußball, zur Nebensache und ausschließlich für wirtschaftliche Zwecke missbraucht, wie ich befinde. Ich bin zutiefst geschockt, dass sich eine erschreckende Mehrheit der Menschen derart blenden und regelrecht manipulieren lässt. Oder ist das nun das mir innewohnende Misstrauen, das mich, der ich die Meinung einer deutlichen Minderheit vertrete, in einen solch gewaltigen Irrglauben versetzt? Ich schüttele unterdessen den Kopf bei dem Gedanken daran, dass für Unmengen von Geldern pompöse Stadien in Ländern errichtet werden, in denen die Lebensverhältnisse eher bescheiden sind. Man mag wohl nicht abstreiten, dass Stadien nicht die sinnvollste Investition sind, um die Bedingungen für eine schuftende Bevölkerung zu verbessern. Und auch mögen wir nicht vergessen, dass es in der Vergangenheit gerade diese großen Sportereignisse waren, die dem Gastgeberland die Möglichkeit boten, vor den Augen der Weltöffentlichkeit seine mitunter abscheulichen politischen Gesinnungen und Aktivitäten eindrucksvoll und glorreich zur Schau zu stellen und so gewissermaßen zu legitimieren. Ich sage dies entgegen der weitläufigen Meinung, der Sport bewirke einen politischen Umschwung und verwandele eine grausame und brutale Regierung in harmlose Hirten. Ferner glaube ich, dass der einhergehende Tourismus nicht nur zu den immer wieder gern erwähnten Einnahmen, sondern auch zu ganz und gar unangenehmen Erfahrungen führt und die Bevölkerung zum Teil unter den vielen Menschen leidet, die von heute auf morgen in ihr Land einfallen und ebenso schnell einige Zeit später wieder verschwinden.

Ich hatte vor einigen Tagen das Vergnügen, mich mit einem gebildeten Menschen über die Europameisterschaft und ihre Bedeutung unterhalten zu dürfen. Aus einem anfänglich eher oberflächlichen Gespräch entwickelte sich nach kurzer Zeit eine hitzige Diskussion, in der sich zwei völlig entgegengesetzte Meinungen gegenüberstanden. Mein Gesprächspartner, der mehrfach betonte, sich keineswegs für Fußball zu interessieren, meinte, dass ein solches sportliches Ereignis zum einen den Staatsbürgern einer jeden einzelnen teilnehmenden Nation die Möglichkeit gebe, sich mit ihren jeweiligen Ländern zu identifizieren und gewissermaßen mit den Mitbürgern zu solidarisieren. Zum anderen bringe der Sport die Länder zusammen und verbessere das Miteinander der Nationen. Für das jeweilige Gastgeberland sei es indes eine große Chance, solch ein vor allem unter multikulturellen Aspekten äußerst wichtiges Ereignis auszutragen, zumal er davon ausgehe, dass einem Land eine derartige Ehre nur dann zuteil werde, wenn es sich auch bereit zeige, sich den demokratischen Errungenschaften zu öffnen und die Menschenrechte zu wahren. Insofern gehe mit einem solchen Ereignis auch stets eine positive politische Entwicklung einher. Ferner sei aufgrund des ansteigenden Tourismus ein deutlicher wirtschaftlicher Aufschwung zu verzeichnen, der die Kosten für die Maßnahmen zur Verbesserung der Infrastruktur (also vor allen Dingen den Bau der Stadien) wettmache und sogar darüber hinaus beachtliche Gewinne eintrage.

Von meinem Einwand, dass solche Ereignisse aber auch mitunter von Gewalt begleitet würden, wollte er indes nichts hören. Dies sei bei jeder Art von Wettkampf üblich und in Südkorea schlage man sich sogar im Parlament. Darüber hinaus handele es sich dabei nur um eine winzige und von daher im Grunde genommen zu vernachlässigende Minderheit, da der Großteil sehr friedliebend sei und sich im gegenseitigen Respekt zeige. Dies widerspricht allerdings meinen ganz persönlichen Erfahrungen, die ich bei meinen zahlreichen Stadionbesuchen machen durfte. Gerade der Fußball lebt davon, den Gegner zu beschimpfen und sich ihm gegenüber ganz und gar respektlos zu benehmen. Es wäre doch sonst nur allzu unerklärlich, warum sich beispielsweise Fußballer grundsätzlich nicht dazu bekennen, wenn sie schwul sind. Ich weiß von keinem einzigen Fußballer (und ich bin recht sicher, dass es einen solchen auch nicht gibt), der sich zur Homosexualität bekannt hat, obgleich es statistisch gesehen unfehlbar schwule Fußballer geben muss. Erst kürzlich äußerte ein italienischer Nationalspieler bei einer Pressekonferenz, dass er hoffe, dass es in seiner Mannschaft keine Schwulen gebe. Doch anstatt diesen homophoben Menschen in sein Heimatland zurückzuschicken und aller Öffentlichkeit kundzutun, dass dies genau jene Respektlosigkeit ist, die keinesfalls geduldet werden darf, stand er beim nächsten Spiel sogar in der Startformation. Selbstverständlich erfolgte zuvor eine öffentliche Entschuldigung, die jedoch, wie ich zu behaupten wage, keiner Einsicht und keinem Schuldbewusstsein folgte, sondern lediglich der Form halber abgegeben wurde.

Weiter sprach der gebildete Mensch, mit dem ich diskutierte und dessen Meinung ich mir übrigens sehr zu Herzen nahm, dass es im Grunde genommen gar keinen Unterschied mache, ob man nun ein Theater, eine Oper oder aber eben ein Fußballspiel besuche. Es handele sich bei allem um die Befriedigung des Bedürfnisses nach Unterhaltung und Vergnügen. Lediglich die Elite (wen auch immer er damit meinte) habe Theater und Oper gewissermaßen zu etwas Edlerem erhoben, um sich von der Masse, die sich bekanntermaßen eher für Fußball begeistert, abzugrenzen. Doch worin, so fragte er mich, liege denn der Unterschied, ob nun jemand zwanzig Opernsänger oder aber eben alle Spieler einer Europameisterschaft benennen könne? Darüber hinaus, so meinte er, seien Theater und Oper der Mehrheit aufgrund der hohen Eintrittspreise nicht zugänglich, was ich jedoch für groben Unfug halte, da ich weiß, dass Karten für Fußballspiele vor allen Dingen bei internationalen Turnieren unendlich teuer sind. Diesen meinen Einwand versuchte er damit zu erklären, dass dies mit der Organisation zusammenhänge, da die eines Fußballspiels bei weitem kostspieliger und aufwändiger sei. Es wollte uns, wie auch immer, nicht gelingen, auf einen gemeinsamen Nenner zu kommen, wobei wir schließlich doch sehr freundlich auseinandergingen.

Ehrlich gesagt weiß ich selbst nicht genau, warum mich dieses Ereignis, dem ich eigentlich gar keine Beachtung zu schenken bräuchte, derart aufregt. Womöglich ist es am Ende noch die gemeinschaftliche Euphorie, die mir, obschon sie von den Medien künstlich geschaffen ist, das Gefühl gibt, ausgeschlossen zu sein, und mich somit gewissermaßen in meiner Außenseiterrolle bestätigt. Ich denke indes jedoch, dass ich nun mit meinen Ausführungen bezüglich dieses zur Genüge auseinandergesetzten Gegenstandes schließen und auf einen anderen übergehen sollte.

Ich könnte davon schreiben, dass Jules an einem Seminar teilgenommen hat, das nicht im Rahmen unseres Selbsterfahrungstrainings stattfand. Der Grund für diese außergewöhnliche Partizipation liegt darin, dass sie die in wenigen Tagen anstehende nächste Gruppe aufgrund der engen Symbiose zwischen ihr und Jaro nicht besuchen wird, wie ihr empfohlen wurde. Ihr sollte sozusagen ein Ausgleich dafür geschaffen werden, was indes auch ganz und gar gelungen ist. Ich werde derweil trotz meiner jungen Vaterschaft an der nächsten Gruppe teilnehmen, weshalb ich nun auch nicht dem von Jules besuchten Seminar beiwohnte. Doch auch bei mir ist in diesen letzten Tagen sehr viel in Bewegung gekommen. Ich durchlebte vollkommen unterschiedliche Empfindungen und wohnte einigen Ereignissen bei, die sich mehr oder weniger zufällig und allzu sehr überraschend ergaben.

Am ersten Abend, als Jules beim Seminar war, litt ich unter starken Eifersuchtsgefühlen und quälte mich mit der Vorstellung, sie könnte sich in einen anderen Mann verlieben und mich betrügen. Ich steigerte mich dermaßen darein, dass ich in meiner Fantasie grausame Bilder zeichnete, die mich in Schrecken versetzten. Ich beschloss daraufhin, vorerst auf Kontakt mit ihr zu verzichten, um mich nicht allzu sehr von diesen zermarternden Empfindungen einnehmen zu lassen. Ich wusste, dass ich, wenn ich mit ihr spräche und sie erzählen hörte, mir noch verderblichere und vor allen Dingen konkrete Betrugsszenarien auszumalen beginnen würde. Aus einem gewissen Abstand heraus war ich dagegen sogar in der Lage, diese grausamen Gedanken nicht nur auf entsetzliche Weise zu fürchten und ihre theoretisch mögliche Bestätigung in der Realität mit einem Weltuntergang gleichzusetzen, sondern die selbigen auch zuzulassen und somit gewissermaßen anzunehmen. Ich bin nicht sicher, ob verständlich wird, wie ich das meine. Vielleicht, so dachte ich, ergäben sich aus diesen für mich zunächst grauenhaften Gegebenheiten schließlich auch angenehme Erfahrungen. Ich könnte mir beispielsweise meine Illusion der sexuellen Freiheit und Selbstbestätigung infolge zahlreicher unverbindlicher Abenteuer zurückholen und mich ins Verderben stürzen. Immerhin müsste ich mich in der Folge nicht weiterhin mit der Frage quälen, ob es mir mein ganzes Leben lang möglich sein wird, mit nur einem einzigen Menschen Sex zu haben, und das auch noch mit einer Frau, obwohl ich mich doch gerade vor allem zu Männern hingezogen fühle. Die Verlockung des Gedankens daran, die Möglichkeit zurückzuerlangen, mit einem Mann intim zu werden, versetzte mich in einen derartigen Rausch, dass ich beinahe zu hoffen begann, dass Jules die Exklusivität unserer Beziehung und damit womöglich auch diese selbst zerstören würde. Ich bin mir derweil der Krankhaftigkeit dieses absurden Gedankens bewusst und empfinde den selbigen als gar zu unerhört.

An einem der letzten Tage besuchte ich schließlich Jules bei ihrem Seminar und änderte mit einem Mal meine Meinung. Ein kurzer Blick auf meine kleine Familie genügte, um zu merken, dass zum einen jeder sorgenvolle Zweifel an der Treue meiner Freundin ganz und gar unnötig gewesen war, während ich mich zum anderen freute, dass sich meine Befürchtungen und auch kurzzeitigen Hoffnungen keineswegs bestätigten. Obschon mich der anschließende Nachmittag in einige Krisen stürzte und mitunter verzweifeln ließ, gelang es mir am Ende gemeinsam mit Jules, die eher desaströse Begegnung zwar vorzeitig, aber auf doch recht angenehme Weise ausklingen zu lassen. Wir lagen noch lange Arm in Arm und sprachen sehr aufrichtig miteinander. So gestand ich ihr auch, dass ich mich seit geraumer Zeit wieder regelmäßig und vor allen Dingen täglich berauschte, kurzum meine Drogensucht. Das Gespräch war auf diesen Gegenstand gefallen, als ich ihr vom vorherigen Abend erzählte, den ich auf einer Feier zugebracht hatte, zu der sie ebenfalls eingeladen worden war, zumal vornehmlich sie mit den Gastgebern befreundet ist.

Auf der besagten Feier hatte ich nicht widerstehen können, mich am allgemein munter zelebrierten Drogenkonsum zu beteiligen. Äußerst freudig hatte ich nach einem Joint gegriffen und ein paarmal tief gezogen. In der festen Überzeugung, nicht außer Kontrolle zu geraten, hatte ich wenig später erfahren müssen, dass ich mit meiner Annahme, es werde sich ein nur leichter Rausch einstellen, falsch lag. Obschon es nur wenige Züge waren, die ich genommen hatte, und ich für gewöhnlich deutlich größere Mengen konsumiere, durchfuhren mich widerwärtige Körpergefühle, die ich für mich alleine vielleicht hätte genießen können, mich aber hier in dieser Gesellschaft mir größtenteils völlig unbekannter Personen in große Scham versetzten. Wie es mir im Rausche oft widerfährt, begann ich auch dieses Mal am ganzen Leib zu zittern, wobei ich nicht sicher bin, wie sehr dies von außen gewahrt wurde. In einigen Körperregionen kribbelte es mich sehr stark und ich vermochte schließlich immer weniger meine Beine und den Boden unter meinen Füßen zu spüren. Neben den anwesenden Männern, die allesamt entweder bekifft oder betrunken waren, wohnten den Feierlichkeiten zu diesem Zeitpunkt noch drei Frauen bei, von denen nur eine ebenfalls den Drogen zusprach. Die anderen beiden waren schwanger und hielten sich vom Rest der Gesellschaft abseits. Ihnen musste die stark vom Marihuana beeinflusste Stimmung nur allzu verdrießlich sein, obschon sie keine offenkundige Feindseligkeit an den Tag legten.

Die Lage spitzte sich schließlich für mich zu, als wir nach dem Rauchen vom Balkon ins Wohnzimmer traten, in dem sich auch die besagten Frauen aufhielten. Obgleich wir mit ihnen nicht in Kontakt traten und unsere Aufmerksamkeit auf den Bildschirm des berauschten Gastgebers richteten, auf dem ein äußerst skurriles Video abgespielt wurde, fing ich an, mich für diesen Zustand, in dem ich mich hier präsentierte, ungeheuerlich vor den selbigen zu schämen. Mit der Zunahme meiner Schamgefühle steigerte sich auch mein körperliches Unwohlbefinden. Ich hatte den dringenden Impuls, dieser Situation umgehend zu entkommen, fand mich allerdings als zu verwurzelt und beschämt vor, meinen Abgang in die Wege zu leiten. Die Vorstellung, mich verabschieden zu müssen, ja überhaupt nur einen Fuß vor den anderen zu setzen, erschreckte mich beinahe zu Tode. Ich brauchte einige Minuten, bis ich mir endlich ein Herz fassen konnte, möglichst unbemerkt zumindest auf die Toilette zu verschwinden. Ich sah zu, dass ich auf dem Weg dahin nach Möglichkeit niemandem unter die Augen trat. Ich wollte unter keinen Umständen jemandem ins Gesicht schauen müssen, zumal der Blick in den Spiegel nach Ankunft im Badezimmer meine schlimmsten Befürchtungen bestätigte. Ich sah völlig heruntergekommen aus. In meinem Spiegelbild erkannte ich den ganzen elendigen Zustand meines labilen Wesens und hatte nichts als Verachtung für mich übrig. Immerhin war es mir nun im Badezimmer möglich, mich zu erleichtern, nachdem ich zuvor im Wohnzimmer vor dem Bildschirm immer wieder das Gefühl gehabt hatte, die Kontrolle über meinen Schließmuskel zu verlieren. Ich habe im berauschten Zustand mitunter die Empfindung, dass ich in die Hose uriniere. Auch spüre ich bisweilen, wie meine Hose feucht wird, obschon dies alles selbstverständlich nur Einbildung ist. Mir vor anderen Leuten oder auch überhaupt in die Hose zu machen ist eine der Situationen, vor denen ich in meinem Leben und im Umgang mit anderen Menschen am meisten Angst habe. Ich vermag mir nichts auszumalen, was mich auf grässlichere Art und Weise zu kompromittieren fähig wäre. Nachdem ich aus dem Badezimmer zur Gesellschaft zurückgekehrt war, konnte ich endlich den notwendigen Mut aufbringen, mich aus meiner peinlichen Lage zu befreien. Ohne viele Worte verabschiedete ich mich der Höflichkeit halber bei allen, auch wenn ich bei meinen Grüßen Augenkontakt vermied. Nach einer kurzen, hektischen und schließlich auch erfolglosen Kramerei in meinem Rucksack, aus dem ich meinen Schlüssel herausholen wollte, verschwand ich durch die Wohnungstür. Ohne mir die Schnürsenkel zuzubinden, lief ich schnellstmöglich nach Hause.

Bis zum jetzigen Augenblick noch schäme ich mich in Grund und Boden, wenn ich mir diesen meinen grausam peinlichen Auftritt ins Gedächtnis rufe. Ich gehe unfehlbar davon aus, bei allen anwesend gewesenen Gästen einen äußerst lächerlichen und ganz und gar gestörten Eindruck hinterlassen zu haben. Die wohl fatalste Folge jener fortwährenden und nicht abzuschüttelnden Scham ist jedoch die Tatsache, dass ich seither von grauenhaften Waschorgien heimgesucht werde, aus denen sich eine Befreiung äußerst schwierig gestaltet, sodass ich nicht selten zu verzweifeln beginne, mitunter auch unter Tränen oder Geschrei. Das oft erwähnte Sauberkeitsgefühl, das bei den meisten Menschen im Zusammenhang mit dem Waschen eintritt, mag sich in diesen Tagen bei mir überhaupt nicht einstellen, sodass ich in jedem Moment von der Angst befallen bin, schmutzig zu sein und diesen Dreck in meiner Wohnung zu verteilen. Ich habe sicherlich schon an anderer Stelle erwähnt, dass sich dieser Ekel vor meiner scheinbar unabänderlichen Unsauberkeit vor allen Dingen in meinen eigenen vier Wänden auf allzu quälende Weise ins Unermessliche zu steigern fähig ist, während ich außerhalb meiner Behausung deutlich besser zurechtkomme, da es sich dort um einiges leichter für mich gestaltet, mich mit den Zweifeln an meiner Sauberkeit abzugeben. In einem fremden, nicht zu mir gehörigen Umfeld ist die Angst, etwas mit meinen unreinen Händen anzufassen, viel weniger stark. Und doch ist es gerade meine Wohnung, vor allem dieser Ort hier, an den ich mich zum Schreiben niedersetze, zu dem es mich fast magnetisch hinzieht, auch wenn hier die Angst vor Beschmutzung am allergrößten ist.

In diesen Tagen vermag mich lediglich meine bereits weiter oben erwähnte Leidenschaft für Musik aus meiner ausweglosen Verzweiflung zu erretten und freilich auch die Drogen, die ich trotz des jüngsten Absturzes nach wie vor mit großem

Genuss konsumiere, obschon ich meine sich steigernde Sucht durchaus mit kritischen Augen gewahre. Nichtsdestoweniger ist sie ein wichtiger Bestandteil meiner liebevoll konstruierten Traumwelt, nach der ich mich in meinem anstrengenden Alltag immer häufiger und vor allem mit zunehmender Leidenschaft sehne. Doch gerade dieser fortwährende Wunsch, der Realität zu entfliehen und mich mit all meinen berauschten Sinnen der irrsinnigen Träumerei hinzugeben, um letztendlich doch elendig in der Einsamkeit zugrunde zu gehen, taucht meinen betrübenden Alltag in ein noch dunkleres Grau und macht ihn von Tag zu Tag unerträglicher. Des Abends, wenn ich mein Tageswerk verrichtet habe, kommt denn der große Augenblick, dem mein ganzes Streben gilt und den ich bis ins Letzte auszukosten suche. Eine besondere Freude ist es mir indes immer dann, wenn ich mich in der Lage sehe, diese meine Aufzeichnungen fortzusetzen, denn tief in meinem Innern bin ich voller Hoffnung, eines Tages ein berühmter und geschätzter Romanschriftsteller zu werden. Ich bin mir bewusst, dass es nur allzu lächerlich ist, solche absurden Gedanken zu hegen, zumal auch schon aufgrund meines Schreibstiles nicht viele gewillt wären, sich mit meinen Aufzeichnungen zu befassen. Zudem gehe ich davon aus, dass der Inhalt einen jeden schon nach kürzester Zeit anzuöden begänne, weil es im Endeffekt ja doch nur ein und dieselbe Leier ist. Ich wiederhole mich beständig und vermag im besten Falle zu langweilen. Und doch glaube ich, wenn auch nicht mit vielen Fasern meines Körpers, dass die winzige Möglichkeit besteht, mit all dem hier Niedergeschriebenen gesehen und gewissermaßen geschätzt zu werden. Ferner gebe ich mich der Illusion hin, irgendwann einmal als Künstler betrachtet zu werden, auf dessen Werk man mit gewisser Hochachtung schaut. „Das hast du aber fein gemacht.", will ich die Leute sagen hören, wenn sie mit vor Begeisterung aufgerissenen Mündern meine weisen Worte bewundern.

Ich weiß, dass es so nicht kommen wird und dass auch kein Lehrer in fünf, fünfzig oder fünfhundert Jahren mit seinen Schülern meine Geschichte lesen wird. Ich bin ein wahrer Spinner, ein Idiot und vor allen Dingen ein Versager, der sich vor der Realität drückt und in seinem grenzenlosen Irrsinn Schrott für Kunst hält. Man könnte mich auch einen Egoisten nennen, weil ich nur meinen eigenen Bedürfnissen, die noch dazu ganz und gar bescheuert und krank sind, gerecht zu werden versuche und das Wesentliche, und zwar meine Familie, auf erbärmliche Weise im Stich lasse. Ich begebe mich tief hinein in ein Ammenmärchen, wobei ich die Augen vor der Wirklichkeit verschließe und vor den eigentlichen Herausforderungen davonrenne. Doch wie zur Hölle vermag ich aus meinen Träumen zu erwachen, die mir ja schließlich eine gewisse Befriedigung verschaffen? Ich mag mir nicht ausmalen, wie ich diese ganzen Zwänge, diese omnipräsente Panik vor allem und überhaupt diesen erbärmlichen Zustand meines fragilen Wesens ertragen sollte, wenn nicht da in jedem Augenblick auch ein Funken Hoffnung darauf bliebe, dass sich dies alles von heute auf morgen ändern und aus mir, dem Versager, einen Helden machen könnte. Was ist daran verwerflich, von dem zu träumen, was man sich so sehr wünscht? Und kann man mich denn wirklich dafür verurteilen, dass ich mich in all meinen Sehnsüchten so hoffnungslos verliere?

In diesen Tagen habe ich die Empfindung, dass die Zeit an mir förmlich vorbeirast und wie im Fluge vergeht. Und doch erscheint alles in Zukunft Gelegene unendlich weit weg, obschon das ein oder andere unmittelbar bevorsteht. Hinter dem jedoch, was sich in nächster Zeit ereignen wird, steht ein großes Fragezeichen, denn das bereits übermorgen beginnende Seminar, dessen Ausgang wie jedes Mal völlig ungewiss ist, wird wohl oder übel einen entscheidenden Einfluss ausüben. Darüber möchte ich mich aber indes nicht weiter äußern, zumal es mir ganz und gar unvorstellbar erscheint, die kommenden Tage vorauszusehen, da gewissermaßen alles möglich ist. Zwar verfüge ich mitunter zweifelsohne über eine lebhafte und ganz und gar blühende Fantasie, doch vermag auch ich bei weitem keine Prognosen abzugeben. Dies ist indes auch gar nicht weiter nötig, wobei (und da bin ich ganz sicher) ein jeder für den ein oder anderen kleinen Ausblick auf das mit Spannung erwartete Ereignis dankbar wäre. Wenn schon keine konkreten Bilder, so hat ein jeder doch zumindest so manche Erwartung oder gar Hoffnung im Gepäck. Dies führt nicht selten zu herben Enttäuschungen, da die bei den Seminaren hervorgebrachten Bewegungen eher auf unbewusste und zumeist tiefgreifende, von unzähligen Schichten geschützte Ängste zurückgehen, sodass die hässlichen Alltagskrisen, gegen die man so hart ankämpft, beinahe zur Nebensache werden. Nein, das Beste ist mit Bestimmtheit, sich ohne jede Erwartung oder Hoffnung in die Herausforderung zu stürzen und sich mit Leib und Seele dem Ungewissen hinzugeben, was sich aber mitunter als das Schwierigste an der Sache selbst herausstellt.

Siebtes Kapitel: Schatten

Das Seminar ist vorbei. Die ersten Tage danach sind gelebt und man könnte sagen, dass bei mir ein Schalter umgelegt worden und eine in ihrem immensen Ausmaß nicht erahnte Öffnung vonstattengegangen ist, wobei ich mich doch gewaltig davor fürchte, dies so auszusprechen, da mich sogleich wieder die Angst packt, ich könnte mich einer Illusion hingeben und morgen wieder in meine Hundehütte zurückkehren. Das Bild der Hundehütte entstammt indes nicht meiner eigenen Fantasie. Ich übernehme es, weil es im Laufe des Seminars im Hinblick auf einen anderen Gruppenteilnehmer mehrfach gebraucht wurde. Es hat jedoch auch ganz und gar auf mich zugetroffen und ich fühlte mich gleichfalls angesprochen. Ja, das Leben ist schön außerhalb der Hundehütte, wie ich seit diesem letzten Seminar registriere. Ohne mich in irgendeiner Weise verstellen oder zu irgendetwas zwingen zu müssen, hat sich in den ersten Tagen zurück im „normalen" Leben vieles, ja eigentlich fast alles von Grund auf verändert. Es ist mir schier unmöglich, im Schreiben dort anzuknüpfen, wo ich vor nicht einmal zwei Wochen meine Aufzeichnungen beendete, da es mir scheint, als habe ein ganz und gar neuer Abschnitt in meinem Leben begonnen. Was das Schreiben anbelangt, gewahre ich überhaupt, dass es für mich deutlich leichter ist, im Leiden meine Gedanken niederzuschreiben, ja gewissermaßen auszuschmücken und mich dadurch darin mitleidig zu wälzen, als mich in einem beglückenden Gemütszustand darauf zu konzentrieren, meine positiven Gedanken in Worte zu kleiden. Von daher fällt es mir momentan ziemlich schwer, mich hier an meinem Schreibtisch auszulassen, wobei ich jedoch ganz und gar dazu gewillt bin.

In diesen Tagen hat sich für mich, wie es mir vorkommt, eine Tür zu einem bis dato völlig unbekannten Raum geöffnet, die ich zuvor vor lauter Eisenschlössern nicht einmal als solche hatte wahrnehmen können. Und nun, da es mir doch scheinbar gelungen ist, sie aufzuschließen und hindurchzugehen, finde ich mich auf einem riesengroßen Terrain wieder, in dem offensichtlich alles möglich ist. Trotz seiner unüberschaubaren Fläche und gewaltigen Fülle habe ich die Empfindung, hier Vertrauen schöpfen zu können, wozu ich vorher in meiner Hundehütte, trotzdem diese so eng war und einer permanent zwanghaften Kontrolle unterstand, keineswegs fähig war. Es scheint mir, als erlange man, wobei ich gewiss nur für mich sprechen kann, dieses Vertrauen und diese Sicherheit, die sich, wovon ich mit Bestimmtheit ausgehe, ein jeder wünscht, nicht durch ein starres Festhalten an eng gesteckten Grenzen, sondern dadurch, dass man mit jeder Möglichkeit, mit der das Leben aufwartet, und sei sie noch so unvorstellbar und unerhört, einverstanden ist. Statt der ständigen Verneinung von diesem und jenem und dieser ganzen Moral, die die Gesellschaft einzig und allein aus einer gewaltigen Angst vor Lebendigkeit und den menschlichen Regungen und Gesinnungen predigt, ist es die Bejahung selbst einer bis dato zu Tode verurteilten *Untat*, die die so sehr ersehnte Freiheit zu bringen vermag. Zumindest scheint es sich so in meinem Fall zu verhalten, wobei ich jedoch keineswegs die Absicht habe, wie es mir zu betonen beliebt, mich hier so dahin zu stellen, als kannte ich den universellen Weg ins Paradies, zumal ich davon überzeugt bin, dass jeder seinen eigenen Pfad finden muss, wenn er sich dies überhaupt nach reiflicher Überlegung zum Ziel gesetzt hat.

Die Verlockung, in die Hundehütte zurückzukehren, bleibt derweil recht groß, wie ich nach und nach merke. Denn hier auf diesem weiten Feld, auf dem alles möglich ist, lauern zahlreiche und unvorhersehbare Herausforderungen, die es zu bewältigen gilt und vor denen ich mitunter eifrig zu entfliehen bemüht bin. So werde ich bisweilen von jetzt auf gleich aus diesem weiten Feld herausgerissen und in meine Hundehütte zurückgedrängt, in der ich mich jedoch überhaupt nicht mehr wohl fühle, da es mir dort viel zu eng ist und ich sogleich wieder in meine unzähligen mich über alle Maßen quälenden Zwänge verfalle. Nein, um weiterhin in meiner Hundehütte zu verweilen und mich mit meinem erbärmlichen Dasein abzufinden, verspüre ich eine zu große Sehnsucht nach dieser für mich neu entdeckten Freiheit und Lebendigkeit. Ich erlebe in diesen Tagen folglich ein ständiges Hin und Her, wobei ich doch immer wieder in dieses weite Feld zurückfinde, in dem ich meine ganzen Zwänge loszulassen und mich ganz und gar hinzugeben fähig bin.

Ich habe unterdessen den Eindruck, dass meine jüngsten Aufzeichnungen sehr abstrakt und daher zum Teil sicherlich recht unverständlich sind. Daher ist es mir ein Bedürfnis, im Folgenden über das kürzlich von mir besuchte Seminar zu schreiben, bei dem es dieses Mal um Projektionen und die menschlichen Schattenseiten ging. Im Vorfeld dieses Ereignisses gewahrte ich, dass ich mehr und mehr in Panik geriet, je näher das selbige rückte. Hatte ich dem Seminar einige Tage vor seinem Beginn noch auf gewisse Art und Weise entgegengefiebert, so wünschte ich mir nun, da es unmittelbar bevorstand, meine Teilnahme abzusagen, wobei ich jedoch die zwingende Notwendigkeit erkannte, mich zu stellen.

Der erste Abend, der wie gewöhnlich mit einigen einleitenden Worten aufwartete, endete mit der Aufforderung an einen jeden Teilnehmer, sich mit seiner persönlichen Sicht auf die eigene Realität zu befassen. Kurzum, wir wurden dazu eingeladen, unsere liebste Leidensgeschichte in wenigen Sätzen niederzuschreiben. Ferner sollten wir uns überlegen, für welchen Gruppenteilnehmer wir das größte Entzücken empfanden und vor welchem wir am meisten Angst hatten. Darüber hinaus wurde die Einladung ausgesprochen, uns darüber Gedanken zu machen, welches das schönste und welches das schlimmste Ereignis war, das uns bei diesem Seminar widerfahren könnte.

Ich hatte keine allzu großen Schwierigkeiten, die gestellten Aufgaben zu bewältigen. Meine liebste Leidensgeschichte, die anhand meiner bisherigen Ausführungen wohl nur allzu

leicht zu erraten ist, ist die, dass ich mich selbst als ungeheuer eklig und peinlich empfinde. Ich schäme mich zutiefst
für mein lächerliches Wesen, mit dem niemand (mit Ausnahme einiger weniger Menschen, die ich selbstverständlich
allesamt verdorben habe) irgendetwas zu tun haben möchte.
Außerdem bin ich keineswegs begehrenswert oder sexuell
attraktiv. Ja, niemand begehrt mich, zumal ich ja auch eklig
bin. Und natürlich bin ich auch über alle Maßen hinaus komisch und gestört, weshalb mir die meisten Menschen aus
dem Wege gehen.

Was die konkreten Fragen betraf, erkannte ich sofort, dass
der eine junge Mann, von dem ich schon im Zusammenhang
mit dem letzten Seminar sehr viel geschrieben habe, derjenige war, den ich zum einen als ganz besonders entzückend
und anziehend, zum anderen aber auch als ungeheuer Angst
einflößend empfand, zumal ich immer wieder seinem Blicke
auswich, wenn er in meine Richtung schaute. An dieser Stelle
möchte ich ferner einen Namen für ihn einführen, um im
Folgenden nicht immer wieder auf Umschreibungen auswei-
chen zu müssen. Um seine Anonymität zu wahren, habe ich
mich entschieden, ihm einen fiktiven Namen zu geben und
ihn Janosch zu nennen. Das schönste Ereignis, das geschehen
könnte, war, auch von ihm begehrt zu werden, was ich aber
natürlich für vollkommen unmöglich hielt. Am schlimmsten
war die Vorstellung, mich vor der Gruppe oder vor einzelnen
zu blamieren. Als konkrete Angst sei beispielsweise jene
angeführt, in die Hose zu urinieren oder sonstige Bedürfnisse
dieser Art nicht unter Kontrolle zu haben.

In der ersten Nacht schlief ich kaum. Lange Zeit lag ich wach.
Nachdem ich endlich in den Schlaf gefunden hatte, träumte
es mir, dass ich meinen Vater zusammenschlug. Diesen
Traum griff ich am nächsten Morgen in der dynamischen

Meditation auf und prügelte in der zweiten Phase, der Katharsis, mit meinem Schal auf den Boden, wobei es mir jedoch nicht gelingen wollte, meine Stimme zu gebrauchen. Ab
der dritten Phase vermochte ich mich schließlich nicht mehr
auf die Meditation einzulassen und begann, mich in meinen
Gedanken zu unterhalten, auch wenn ich mich nicht daran
erinnere, mit wem ich mein fiktives Gespräch führte. Wie so
oft war ich sehr dankbar, als die Meditation nach dem *Tanz
in den Morgen* beendet war.

Nach dem Frühstück trugen einige Teilnehmer in der Gruppenbesprechung vor, was sie hinsichtlich ihrer jeweiligen
Leidensgeschichten und der gestellten Fragen in Erfahrung
hatten bringen können. Ich hielt mich meiner schüchternen
Natur gemäß bedeckt und erwartete mit gewisser Spannung,
was der ein oder andere zu sagen hatte. Meiner persönlichen
Leidensgeschichte entsprechend kam ich bald mit dem mir
bekannten Gefühl, wertlos zu sein, in Berührung, da mich
zunächst keiner weder für besonders entzückend noch für
ausnehmend Furcht einflößend empfand. Einmal wieder
fühlte ich mich wie ein Niemand, bevor schließlich Janosch
an die Reihe kam. Was er zu sagen hatte, interessierte mich
natürlich ganz besonders, wobei ich jedoch in große Aufregung geriet, da ich Angst hatte und gewissermaßen auch
davon ausging, dass auch er meinen Namen nicht nennen
würde. Mein Herzschlag stieg ins Unermessliche, zumal sich
meine Empfindung, in ihn verliebt zu sein, von Minute zu
Minute zu steigern schien. Würde nun mein absurder
Traumgedanke, dass auch er etwas für mich übrig haben
könnte, platzen? Zu meiner großen Freude jedoch sagte er,
dass er mich entzückend finde, wobei er in diesem Zusammenhang noch zwei weitere Namen nannte. Nichtsdestotrotz blieb dadurch meine leise Hoffnung am Leben, obschon

ich mir bald einredete, er interpretiere seine Entzückung anders als ich die meinige.

Vor der Mittagspause wurde uns noch mitgeteilt, dass es am Nachmittag darum gehen werde, jemanden auszuwählen, mit dem wir einen gewissen Klärungsbedarf hätten. Für mich konnte hierbei also lediglich Janosch infrage kommen, auch wenn ich noch nicht wusste, was genau auf uns zukommen würde.

In der Pause fuhr mein Körper mit allem auf, was er an Abwehrmechanismen zu bieten hatte, wobei die Kopfschmerzen, die mich den ganzen Morgen über gequält hatten, nachließen. Ich kam sehr stark mit meinen Zwängen in Berührung und geriet in einen derartigen Ekel, dass ich duschen ging. Ferner bereitete mir meine Blase große Schmerzen, was sich am Nachmittag fortsetzen sollte.

Aufgrund meiner fehlenden Bereitschaft, auf Janosch zuzugehen und meinen Klärungsbedarf mit ihm zu signalisieren, kamen wir bei der nach der Pause anstehenden Übung nicht zusammen, worüber ich gewissermaßen froh war, da ich es so vermeiden konnte, mich meinen sich kontinuierlich steigernden Gefühlen für ihn zu stellen. Hatte er beim letzten Seminar hauptsächlich noch deshalb im Zentrum meiner Eifersucht gestanden, weil ich eine mich beängstigende Energie zwischen ihm und Jules gewahrt hatte, war ich nun ganz und gar seinetwegen eifersüchtig und achtete zu meiner Beschämung äußerst penibel darauf, dass er niemandem zu nahe kam, obschon ich natürlich auf Eifersuchtsanfälle, wie ich sie Jules' wegen mitunter nur allzu lebhaft an den Tag legte, zu verzichten gezwungen war, da ich bei ihm dazu ja noch viel weniger oder, richtiger gesagt, überhaupt nicht berechtigt war. Es war mir sehr unheimlich, dass meine Leidenschaft für ihn größer und größer wurde und ich ihn von Moment zu Moment aufregender, erotischer und anziehender fand. Ich schmolz wahrhaftig dahin wie ein pubertierender Teenager und vermochte meine Begeisterung kaum im Zaum zu halten.

Da ich es verpasst hatte, meinen Klärungsbedarf mit Janosch vorzubringen, wurde mir eine Frau zugeteilt, mit der ich in die anstehende Begegnung ging, in der ich mich sehr gehemmt zeigte. Es mochte mir nicht gelingen, Impulse zu spüren und diesen nachzugehen. Dies lag zum einen am fiesen Geschmack in meinem Mund, der mich daran hinderte, tief zu atmen und auf diese Weise mit irgendwelchen Empfindungen in Berührung zu kommen, und zum anderen an meiner Blase, die sich beständig meldete, obschon ich den ganzen Tag kaum etwas getrunken hatte.

Vor der abendlichen Kundalini zum Abschluss des Tages sollten wir mit demjenigen, mit dem wir in die Begegnung gegangen waren, die Kleider tauschen. So hatten wir die Möglichkeit, uns den Abend über in unseren jeweiligen Partner hineinzuspüren. Und so kam es also, dass ich Frauenkleider trug und mich mit einem Mal deutlich besser fühlte. Ich hatte die Empfindung, nicht ganz so falsch wie sonst zu sein. Plötzlich war es mir sogar möglich, in der zweiten Phase der Kundalini, in der getanzt wird, mein Becken zu schwingen. Wie gewöhnlich ging ich auch an diesem Abend während der Meditation zur Toilette und gewahrte dabei, dass ich deutlich befreiter von Zwang und Ekel meinem Bedürfnis nachgehen konnte. Ich war sogar äußerst überrascht, als ich beim Urinieren einen Penis aus meiner Hose holte, so sehr fühlte ich mich als Frau. Hatte ich mich während meines Toilettenbesuchs und auch noch auf dem Weg zurück in den Seminarraum über mein Aufblühen als solche gewissermaßen ge-

117

freut, sollte sich in der nun anstehenden zweiten Hälfte der Meditation jedoch ein gänzlich anderes Bild zeigen. Mit einem Mal wurde mir bewusst, dass ich mich nicht wie ein Mann fühlte, ja sogar Angst hatte, ein solcher zu sein, und mich ferner sogar vor meinem Geschlecht ekelte. Meine unerklärliche Leidenschaft für Janosch, dieser schier unstillbare Hunger und das unsägliche Verlangen nach ihm wichen plötzlich einem viel tieferen Gefühl, und zwar dem, im Grunde genommen viel lieber eine Frau und als solche mit einem Mann zusammen sein zu wollen. Doch was war mit meiner Familie? Beim Gedanken an Jules und Jaro, meinen geliebten Sohn, geriet ich in Atemnot, so sehr hatte ich begonnen, krampfhaft zu weinen und zu schluchzen. Ich war nicht mehr zu beruhigen, obgleich eine Assistentin an mich herantrat und mich liebevoll streichelte. Vor meinem geistigen Auge sah ich meine Familie gescheitert und hatte großes Mitgefühl für Jules und Jaro. Es kam mir so vor, als bräche die Welt über uns dreien zusammen.

Insgesamt sei zu diesem ersten vollständigen Tag des Seminars noch zu sagen (und das sollte sich an den folgenden unglücklicherweise fortsetzen), dass ich ihn von permanenten Schamgefühlen begleitet verlebt hatte. Ununterbrochen hatte ich mich gefragt, ob ich eklig oder peinlich sei, womöglich etwas Hässliches im Gesicht hätte, aus dem Mund stinken oder aber durch meine Marotten oder fiesen Verdauungsgeräusche auf der Toilette auffallen würde. Ferner schämte ich mich dafür, dass ich beinahe unentwegt an Janosch dachte, wobei ich mit absoluter Sicherheit davon ausgehen musste, dass es ihm mit mir überhaupt nicht so erging und er womöglich ähnlich wie ich an ihn an jemand anderes dachte. Und gerade dieser letzte Gedanke, dass meine Gefühle mit absoluter Sicherheit in keiner Weise erwidert würden, war für mich das Allerschlimmste an der ganzen Sache, wobei ich mich weiterhin dafür schämte, dass meine Leidenschaft für ihn vermutlich sogar so weit ging, dass ich bereit war, für diese mein ganzes Familienglück aufs Spiel zu setzen, wenn sich eine Chance ergeben sollte, sie zu leben. Ich gab mich dem irrsinnigen Glauben hin, dass hierzu eine rein theoretische Möglichkeit bestand, obschon ich sie für ähnlich wahrscheinlich wie sechs Richtige im Lotto hielt. Und eben dieser letzte verzweifelte Funken Hoffnung, dieses nicht ausgesprochene Wort, dass ich von diesem jungen Mann nicht das bekommen würde, was ich mir so sehr wünschte, sollte in diesen Tagen des Seminars meinen erbärmlichen Lebensinhalt darstellen. Es war so unerträglich für mich zu gewahren, dass ich für nichts weiter lebte als für diese absurde Hoffnung, dass in mir bisweilen der Wunsch zu sterben aufkam. Ich stellte mir vor, mich mit meinem Irrsinn der Gruppe mitzuteilen und sah darin sogar eine Möglichkeit zur Auflösung meines Leides. Allein der Gedanke jedoch, mich damit zu zeigen, rief eine derartige Panik in mir hervor, dass ich sicher war, danach nicht weiterzuleben fähig zu sein.

Am zweiten Tag des Seminars ging es zum einen um unsere jeweiligen wahren Bedürfnisse und zum anderen um unsere individuelle Bereitschaft, anderen die ihrigen zu erfüllen. Auf Ausführungen, wie sich dies im Einzelnen vollzog, werde ich zu verzichten bemüht sein, zumal wir uns am ersten Abend zu Verschwiegenheit bezüglich der Vorkommnisse bei diesem Seminar verpflichtet hatten. Das anstehende „Spielchen" wurde jedenfalls vielversprechend und mit mich zutiefst erschreckenden Worten eingeleitet. Bei der Ankündigung, dass auf der Toilette Kondome bereitlagen, durchfuhr mich ein kalter Schauer und ich fing sogleich zu zittern an. Die mir für den heutigen Tage zugeteilte Partnerin war eine andere als gestern. Selbstverständlich aber kam ich auch dieses Mal mit einer Frau und nicht etwa mit Janosch zusammen, da hinsichtlich der bei einigen womöglich aufkommenden sexuellen Bedürfnisse ausschließlich an die Kombination aus Mann und Frau gedacht wurde. Einmal wieder fühlte ich mich nicht gesehen und kam mit der Empfindung in Kontakt, dass meine Bedürfnisse, die sich eben nicht auf eine Frau, sondern einen Mann konzentrierten, von Grund auf falsch und fehl am Platz seien.

Der einzige positive Gedanke, den ich im Vorfeld an das uns nun unmittelbar Bevorstehende hegen konnte, war der, dass ich es als Glück empfand, nicht mit Jules hier zu sein. In diesem Falle wäre ich vermutlich vor lauter Panik, sie könnte sich an diesem Tage gewissermaßen legitimiert einem anderen Manne hingeben, umgehend in Ohnmacht gefallen. Nein, mit ihr hier zu sein wäre gänzlich unmöglich gewesen, obschon ich auch heute mit starken Eifersuchtsgefühlen in Berührung kommen sollte. Was Janosch treiben würde, hatte ich scharf im Auge zu behalten und gewissermaßen zu kontrollieren, auch wenn ich mir bewusst war, dies keinesfalls offen zeigen zu dürfen. Es erfüllte mich mit einer ungeheuren Furcht, er könnte mit der ihm zugeteilten Partnerin in den Genuss sexueller Betätigung kommen. Ich selbst hielt dies bei mir mit der meinigen für vollkommen ausgeschlossen, zumal ich mir ja bewusst war, auf wen sich hier im Raum meine sexuellen Bedürfnisse in aller Ausschließlichkeit richteten.

Für Janosch und mich ging es in unseren jeweiligen Begegnungen zunächst darum, die Bedürfnisse unserer Partnerinnen zu erfüllen, die aber beide nicht so recht wussten, was sie mit uns anfangen sollten. Aufgrund der offensichtlichen Überforderung der selbigen verlief die erste Zeit äußerst langweilig und in keiner Weise herausfordernd. Ich empfand dies als ziemlich unbefriedigend, sollte es doch darum gehen, an meine Grenzen zu stoßen, was aber keineswegs der Fall war. Ich hatte das Gefühl, meine Zeit regelrecht zu verschwenden, und setzte mich schließlich für einen Partnerwechsel ein, der sich denn auch vollziehen sollte. Danach stieß ich jedoch ebenfalls nicht an meine Grenzen. Ich landete in den Armen einer älteren, mir sehr sympathischen Gruppenteilnehmerin, die das Bedürfnis hatte, mich wie ein Baby in den Arm zu nehmen. Und so lag ich also in ihrem Schoß und musste mit ansehen, wie sich Janosch, der ebenfalls erfolgreich einen Partnerwechsel herbeigeführt hatte, direkt neben uns mit der ihm neu zugeteilten Frau unter seiner Decke verkroch.

Insgesamt war es derweil ziemlich harmlos, was sich im Seminarraum zutrug, und unser Gruppenleiter verglich das langweilige Treiben mit einem Wellness-Wochenende. Er forderte diejenigen, um deren Bedürfnisse es ging, zunehmend vehementer auf, für diese zu gehen. Ich geriet indes in tiefe Frustration, fühlte ich mich doch als Mann keineswegs herausgefordert, auch wenn mich dies angesichts der Erlebnisse des Vortages nicht allzu sehr wunderte.

Als Janosch schließlich mit seiner Partnerin den Seminarraum verließ, begann ich innerlich Amok zu laufen und befürchtete sogleich das Allerschlimmste. In meinen wilden Fantasien sah ich die beiden, wie sie leidenschaftlich miteinander schliefen. Ich musste wissen, was da vor sich ging, weshalb ich nach einem heftigen inneren Kampf, in dem ich erfolglos versucht hatte, mich zu beruhigen und loszulassen, unter einem Vorwand ebenfalls aus dem Gruppenraum verschwand. Zu meiner Erleichterung gewahrte ich allerdings, dass sich meine grausamen Befürchtungen nicht bestätigten. Janosch und seine Partnerin waren lediglich hinausgegangen, um eine Zigarette zu rauchen.

Schließlich wurden die Rollen getauscht und sowohl Janosch als auch ich kamen nun in die Position, für unsere Bedürfnisse zu gehen. Jeder von uns kehrte zu seiner ursprünglichen Partnerin zurück. Ich wusste überhaupt nicht, was ich nun mit der meinigen anfangen sollte, und geriet regelrecht in Panik, die sich jedoch als ganz und gar unbegründet herausstellte, da ich völlig unverhofft von Anfang an großen Gefallen am Schikanieren zu finden vermochte. Ich zeigte mich äußerst kreativ und hatte sehr gute Ideen, wie ich mich meiner Partnerin gegenüber besonders fies und asozial verhalten konnte. Der selbigen kamen recht bald die Tränen und ihre Schwäche steigerte meine Lust, sie mehr und mehr zu erniedrigen. Ich ging in meiner Rolle förmlich auf und gewahrte darüber hinaus im weiteren Verlauf des Geschehens, dass sich meine Zwangsproblematik angesichts der sich mir bietenden Macht entspannte. Ich war wie ausgewechselt und empfand kaum noch Beschämung und dementsprechend auch weniger Ekel, weshalb es zu keinerlei Waschexzessen kam. Ich durfte meinen aggressiven Trieben freien Lauf lassen und verspürte darin eine große Genugtuung.

Ich möchte an dieser Stelle hinzufügen, dass sich die Stimmung nach dem Rollentausch allgemein veränderte und zunehmend sexueller wurde, auch wenn ich persönlich mit solchen Gelüsten in Bezug auf meine Partnerin nicht in Berührung kam und mit meinem größtenteils sinnlosen Schikanieren fortfuhr. Dennoch gewahrte ich, dass ich so manche sexuell aktiven Paaren beneidete und grundsätzlich der Wunsch nach etwas Derartigem durchaus in mir aufkam. Ich war überzeugt, dass ich auf alle Fälle die Gelegenheit beim Schopfe gepackt hätte, wenn eine solche Regung im Verhältnis zu meiner Partnerin aufgekommen wäre.

Gegen Ende des munteren Treibens hatte ich meine Rolle satt. Ich merkte, dass mir das Schikanieren zwar Spaß machte, tief in mir aber zu keiner Befriedigung führte. Nachdem ich meine Partnerin aufgefordert hatte, mir ihr peinlichstes Erlebnis zu erzählen, empfand ich nichts als Mitgefühl für sie und ging fortan sehr freundschaftlich mit ihr um, da mich sehr rührte, was sie mir unter Tränen von sich preisgegeben hatte. Ich sehnte den Schlusspunkt der Prozedur herbei und kam wieder stark mit meinen Gefühlen für Janosch in Kontakt. Ich war dem Weinen sehr nahe und Verzweiflung machte sich in mir breit. Mit einem Mal war auch meine Zwangsproblematik wieder da und zeigte sich beim Duschen, womit ich später hoffte, den Tag einigermaßen versöhnlich beschließen zu können. Doch auch in der zweiten Nacht fiel es mir äußerst schwer einzuschlafen. Zu sehr ging mir der aufregende Tag durch den Kopf und ich vermochte das Gedankenkarussell nicht anzuhalten. Ich entschied schließlich aufzustehen und traf in der Küche auf einen Assistenten, dem ich von meiner Aufgeregtheit, nicht aber von meinen Gefühlen für Janosch erzählte.

Am nächsten Morgen stieß ich in der dynamischen Meditation plötzlich auf eine Erklärung dafür, warum ich mich trotz Jules' starker Gefühle für mich so wenig gesehen und begehrt fühlte. Ich gewahrte, dass sie mich mit diesen nahezu erdrückte und dadurch mein Gefühl von Unzulänglichkeit und Unbeweglichkeit unterstützte. Ihre Impulse und vor allem ihr starkes Wollen wirkten dermaßen intensiv auf mich ein, dass ich angesichts ihrer Lebendigkeit in meiner Passivität förmlich gefangen war. Ich erkannte, dass sie von Anfang an ein starkes Sicherheitsbedürfnis in Bezug auf unsere Beziehung gehabt hatte. Nach ihren zahlreichen, zumeist enttäuschenden Erlebnissen mit Männern, denen sie sich oft hemmungslos und in der tiefen Sehnsucht nach Anerkennung hingegeben hatte, waren ihre Empfindungen mir gegenüber von immensen Verlassenheitsängsten bestimmt. Dabei hatte sie im Grunde genommen immer nur erfolglos das Ziel angestrebt, durch ihre sexuelle Hingabe zu kompensieren, dass ihr Vater sie niemals als Frau mit all ihrer weiblichen Lebendigkeit hatte annehmen können. Bei mir merkte sie rasch, dass ich sie nicht nur als Sexualobjekt wahrnahm, sondern auch als Mensch mochte, weshalb sie von Beginn an eifrig darum bemüht war, mich an sie zu binden. Auch ihr baldiger Kinderwunsch, obschon sich dieser dann später eher ungeplant realisierte, rührte, aus der Retrospektive betrachtet, von dem Bedürfnis her, unserer Beziehung dadurch Halt zu geben. Angesichts der Passivität, mit der ich mein Leben aus großer Angst vor dem selbigen zu leben gewohnt war, folgte ich brav ihrem Tempo oder stieg mitunter auch leidenschaftlich in ihre Wünsche und Träume mit ein, zumal ja auch ich infolge meiner Geschichte immer auf der Suche nach Sicherheit war. Unsere Beziehung lebte von Anfang an davon, dass sie den Ton angab und ich mich diesem unterordnete. Ich hielt mich also sozusagen selbst in meiner Passivität gefangen, um dem von uns geschaffenen Beziehungsmuster zu entsprechen. Nur so konnte es funktionieren. Doch was war mit meinen eigenen Impulsen und Wünschen, die sich ja doch nicht so einfach verscheuchen ließen? Ich reagierte auf diese, wie ich es schon in meiner Kindheit getan hatte. Ich unterdrückte sie mit all meinen Zwängen, die nach jahrelanger Abwesenheit Stück für Stück wieder an die Oberfläche traten. Sie waren ein Garant dafür, dass unsere Beziehung in der Form, wie wir sie lebten, fortbestand. Ich lähmte mich gewissermaßen mithilfe der selbigen, da sie ganz automatisch meinen Radius verkleinerten und mich in die Hundehütte drängten. Selbstverständlich erkannte ich dies lange Zeit nicht, sondern war vielmehr davon überzeugt, ein schwacher Mann neben einer starken Frau zu sein, die sich infolge ihres edlen Charakters und ihrer unendlichen Liebe für mich darüber hinaus noch aufopferungsvoll und bedingungslos um mich kümmerte und an meiner Seite stand. Erst jetzt nach langer Zeit war es mir also zu erkennen möglich, dass es sich in Wahrheit wohl eher so verhielt, dass gerade meine Zwänge die Grundlage für die Stabilität unserer Beziehung schufen. Was allerdings darunter litt, war unsere Sexualität, da ich mich immer weniger zu Jules, die sich nach und nach von meiner Freundin zu meiner Mutter und Psychotherapeutin verwandelte, hingezogen fühlte und folglich anfing, mich in immer lebhafter und stärker werdende erotische Fantasien zurückzuziehen, für die ich mich ungemein schämte. Ich bin nicht sicher, ob ich dies alles in seinem ganzen Ausmaß während der besagten dynamischen Meditation erkannte oder ob es sich nicht vielmehr so verhält, dass sich hier auch Gedanken einmischen, auf die ich erst später kam. An diesem Morgen wurde jedenfalls der Grundstein für diese Sicht auf meine Beziehung gelegt.

Nach der Meditation und dem sich anschließenden Duschen und Frühstücken verspürte ich einen großen Drang, meinen Gedanken Ausdruck zu verleihen, und griff schließlich, als die anderen tanzten, zu Stift und Block. Ich empfand eine unglaublich starke Lebendigkeit in mir, mit der mich anderen mitzuteilen ich allerdings nicht wagte. Zu dick war die Schutzschicht aus Beschämung, Kontrolle und Zwängen, die mich in den Glauben versetzte, meine gesamte Lebendigkeit, all meine Sehnsüchte, Wünsche und Träume würden unfehlbar zerstört und in Trümmer zerschlagen, wenn sie an die Oberfläche gelangten. Immer und immer wieder, obschon ich mich dies selbst nicht mehr sagen hören konnte, redete ich mir ein, dass meine Empfindungen völlig absurd seien. Und so blieb ich eisern bei meinem Entschluss, dies alles für mich zu behalten und im Nichtstun zu verharren, auch wenn mir dies ein gewisses Gefühl von Leblosigkeit verlieh. Ja, ich war so gut wie tot, empfand jeden Impuls als vernichtend und schützte mich, indem ich einen solchen sogleich ausmerzte. Darüber hinaus musste ich mir eingestehen, dass gerade diese dicke Schutzschicht meinem Umfeld suggerierte, dass ich es auf Abstand halten wollte, was ja auch bedingt, wenn auch aus Angst heraus, zutraf. So schuf ich mir also selbst einen gewissen Status von Unerreichbarkeit, der mich aber wiederum in großes Unglück und eine ungeheure Traurigkeit stürzte.

Dem Tanzen folgte eine Atemsitzung mit demjenigen, mit dem wir am vergangenen Tag unsere Bedürfnisse erkundet hatten. Schon nach kurzer Zeit fing ich zu weinen an. Ich musste daran denken, wie mir meine Partnerin tags zuvor von ihrem peinlichsten Erlebnis erzählt und darüber fürchterlich Tränen vergossen hatte. Ich empfand großes Mitgefühl für sie und musste an meine eigene Beschämung, meine Gefühle für Janosch, der mir ausgerechnet schräg gegenüber saß, denken.

Nach der Atemsitzung setzten wir uns mit dem am Vortag Erlebten auseinander. Ich stellte fest, dass ich die Bereitschaft hatte, jedes Bedürfnis zu erfüllen, auch wenn die selbige oftmals nicht von Herzen kam und ich mich gewissermaßen an dieser Stelle abschneiden konnte. Von daher wäre es mir am vergangenen Tage sicherlich möglich gewesen, gewisse persönliche Grenzen zu überschreiten. Ich hätte es wahrscheinlich sogar als sehr reizvoll und herausfordernd empfunden, wenn ich beispielsweise gezwungen worden wäre, mich auf sexuelle Aktivitäten oder körperliche Gewalt gegen mich einzulassen. Ferner hatte ich bei mir eine gewisse Neigung zu Aufmüpfigkeit und Arroganz gewahrt, die sich bisweilen in abschätzigen Kommentaren und Verachtung für denjenigen, der etwas von mir forderte, zeigte. Ich hatte gemerkt, dass es mir durchaus ein gutes Gefühl verlieh, zu wissen, dass die Verantwortung beim anderen lag. Dies und noch einiges mehr, was ich jedoch nicht anführen werde, fand ich für mich heraus.

In der Mittagspause spürte ich eine unglaubliche Lebendigkeit in mir, von der ich nicht wusste, was ich mit ihr machen sollte. Ich beschloss, mit lauter Musik im Ohr kreuz und quer durch den Wald zu laufen und mich auf diese Weise auszutoben. Dabei hatte ich das Gefühl, ganz und gar in meiner Verrücktheit aufzugehen.

Am Nachmittag kam unser Gruppenleiter auf mich zu und teilte mir mit, dass Jules ihn kontaktiert habe, weil sie gerne in den nächsten Tagen zu Besuch kommen wolle. Ich gewahrte, dass die Vorstellung, sie während des Seminars zu sehen, großen Widerstand in mir hervorrief, und brachte dies zum Ausdruck. Zu meinem großen Missfallen schien ihn das allerdings nicht sonderlich zu interessieren und er entschied, dass Jules nichtsdestotrotz zu Besuch kommen würde. Er rief sie daraufhin an und vereinbarte einen Termin mit ihr. Mit einem Mal spürte ich, wie eine ungeheure Aggression in mir aufkam. Ich fühlte mich übergangen, hatte ich doch ganz klar geäußert, dass es mir damit überhaupt nicht gut gehe. Und wieso war er überhaupt an mich herangetreten und hatte mich gewissermaßen nach meiner Meinung gefragt, wenn er diese doch ohnehin nicht berücksichtigte?

In den folgenden Stunden steigerte sich meine Aggression dermaßen, dass ich bei der abendlichen Kundalini kaum noch an mich halten konnte und am liebsten wild um mich geschlagen hätte. Mir wurde bewusst, dass ich keinesfalls bis zur dynamischen Meditation am nächsten Morgen warten konnte. Ich vermochte mich kaum noch im Zaum zu halten. Ich wandte mich an einen Assistenten und bat darum, mir wie auch immer die Möglichkeit zu geben, meinen Aggressionen freien Lauf zu lassen. Wir beschlossen, nach dem Abendessen in den Wald zu gehen, wo ich ein großes Holzstück zur Hand nahm und damit, sooft es nur ging, gegen einen Baum schlug, wobei ich aus ganzer Seele schrie. Bereits am Morgen hatte ich mich bei der dynamischen Meditation für meine Verhältnisse ganz besonders verausgabt. Erstmalig war es mir da sogar gelungen, in der Katharsis von meiner Stimme Gebrauch zu machen. Im Wald schlug ich mir nun die Hände blutig, schwitzte und hatte am Ende kaum noch Stimme. Ich fühlte mich von meiner Aggression befreit, ging jedoch aus einem gewissen Grund mit großer Angst zum Seminarzentrum zurück. Janosch hatte sich nämlich, bevor ich in den Wald gegangen war, mit einer Gruppenteilnehmerin in die benachbarte Stadt begeben, um dort Zigaretten zu kaufen. In mir war sogleich panische Eifersucht aufgestiegen, weil ich gefürchtet hatte, dass sie miteinander intim werden könnten. Zu meinem Entsetzen waren sie noch nicht zurückgekehrt, obwohl sie mir zugesagt hatten, mit mir nach meiner „Waldaktion" eine Zigarette zu rauchen. Ich sah meinen Verdacht bestätigt, konnten die beiden unmöglich so lange unterwegs sein, um Zigaretten zu kaufen. Dies hätte wohl nicht länger als fünfzehn Minuten gedauert und inzwischen waren sie schon seit einer guten Stunde fort.

Ich ging duschen, um meinen klebrigen und schmutzigen Körper zu reinigen. Unter der Dusche erlitt ich einen Anfall panischer Verzweiflung und begann, bitterlich zu schluchzen. Ich stellte mir vor, was Janosch wohl gerade trieb, und hatte dabei die grausamsten Fantasien im Kopf. Als ich aus der Dusche trat, war ich völlig durch den Wind. Janosch war immer noch nicht zurückgekehrt und mein Verdacht verhärtete sich von Minute zu Minute. Immer wieder flossen die Tränen. Schließlich kam eine gut befreundete Gruppenteilnehmerin in den Waschraum und bemerkte, dass ich dort nach wie vor wie ein Häufchen Elend starr und unbeweglich vor mich hin verzweifelte. Sie nahm mich in den Arm und ich setzte meine Heulkrämpfe fort. Wir sprachen lange Zeit kein Wort, bevor wir uns letztlich dazu aufrafften, noch ein wenig spazieren zu gehen. Ich brauchte sehr lange, um mich ihr anzuvertrauen. Zu sehr schämte ich mich der Eifersucht, die ich jemandes wegen empfand, der ja tun und lassen konnte, was er wollte. Als ich mich schließlich doch traute und in einem Satz formulierte, was ich empfand, reagierte sie in einer Art und Weise, die mich heute noch erschreckt und zu ihr auf Distanz gehen lässt, obwohl wir seit geraumer Zeit auch außerhalb der Seminare fast täglich in Kontakt gestanden hatten. Statt Verständnis für meine zwar absurde und unberechtigte Eifersucht zu zeigen oder aber zu schweigen, gab sie mir zu verstehen, wie tyrannisch ich mich verhielt. Trotz dieser niederschmetternden Äußerung setzten wir unseren Spaziergang fort und mir wurde erst am nächsten oder übernächsten Tag bewusst, dass ich ihr zwar keine Vorwürfe machen, sie aber vorerst nicht an mich heranlassen konnte. Nachdem wir spätnachts vom Spaziergang zurückgekehrt waren, legte ich mich schlafen, wobei ich auch in dieser Nacht nur drei Stunden ungefähr ruhte.

Am nächsten Tag sollte es lebhaft weitergehen. In der dynamischen Meditation war ich zum allerersten Mal in allen Phasen alles zu geben bereit und kam mit unglaublich viel Aggression und Lebendigkeit in Berührung. Nach dem Frühstück ging es schließlich um unsere Kindheit. Vor meinem geistigen Auge erschien meine Mutter, doch statt Aggression, wie sie viele erfuhren, erlebte ich an ihrem Platz panische Verzweiflung und fand nur Tränen als Ausdruck ihrer Empfindungen. Auch an meinem Platz in der Kindheit durchlebte ich starke Trauer und kam ferner mit gewaltiger Beschämung in Kontakt, wie sie mir als Kind so oft widerfahren war, weil meine Mutter mir stets das Gefühl vermittelt hatte, falsch zu sein.

Es war höchst erschreckend, was sich mir später am Tag noch zeigen sollte. In einer anderen Übung ging ich in die Rolle meiner Mutter und kam nach einer Weile, in der ich überhaupt nichts gefühlt und mir massive Vorwürfe ob meiner Unfähigkeit, etwas zu spüren, gemacht hatte, mit einem zerstörerischen Todeswunsch in Berührung. Ich wollte nichts als sterben und geriet angesichts der gewaltigen Todessehnsucht, die ich empfand, in eine ungeheuerliche Aggression. Ich schrie und beschimpfte die Gruppenteilnehmerin, die meinen Platz in der Kindheit eingenommen hatte. Ich verfluchte, beleidigte und beschämte sie, getrieben von dem eindringlichen Wunsche, unbedingt zu sterben und von ihr als meinem Kind dazu losgelassen zu werden. Es entwickelte sich eine körperliche Auseinandersetzung und wir gerieten gewissermaßen in einen Kampf auf Leben und Tod, bei dem meine Partnerin alles daran setzte, mich, die „Mutter", vor dem Tode zu bewahren. Von meinem Platz aus war nichts da für meinen „Sohn", so sehr war ich damit beschäftigt, mich aus dem Leben befreien und in den Tode gehen zu wollen. Nach einiger Zeit schlug mein Gemütszustand allerdings um. Ich besann mich, bereute zutiefst das von mir an den Tag gelegte Verhalten und beschwor immer und immer wieder meinem „Sohn", wie sehr ich ihn liebte und brauchte.

Obschon meine Mutter niemals geäußert hatte, sterben zu wollen, und ich sie auch nie direkt vom Tode abgehalten hatte, konnte ich unsere damalige Situation in dem Geschehen wiederfinden. Ich erkannte, dass ich als Kind ausschließlich die Funktion gehabt hatte, für meine Mutter da zu sein. Es war äußerst schockierend für mich, mir bewusst zu werden, dass ich niemals ein kleines Kind hatte sein dürfen, das von seinen Eltern in seiner Bedürftigkeit gesehen worden war. Mein Vater hatte sich recht bald nach meiner Geburt, die er nicht zu verhindern vermocht hatte, aus dem Staub gemacht. Allein meiner Mutter, die es nicht übers Herz hatte bringen können, mich abzutreiben, wozu sie von meinem Vater gedrängt worden war, hatte ich es zu verdanken gehabt, dass ich überhaupt geboren worden war. Und dann auf Erden war ich mit dem Gefühl, völlig fehl am Platz und durch und durch falsch zu sein, ein Leben lang in die Welt gegangen und folglich ein äußerst unglückliches Kind gewesen. Schon früh hatte sich meine nicht gesehene Bedürftigkeit in Verhaltensauffälligkeiten gezeigt, die damit abgetan wurden, dass ich eben von Natur aus psychisch gestört sei. Freunde vermochte ich selten zu finden. Meistens wurde ich nur ausgelacht und in der Schule über Jahre gemobbt.

Meine Leidensgeschichte ist folglich durchaus nachvollziehbar und infolge der intensiven, wenn auch keineswegs körperlichen Gewalterfahrungen, denen ich die längste Zeit meines Lebens ausgesetzt war, nur äußerst schwer abzulegen. Plötzlich verstand ich auch, warum ich mich so sehr nach absoluter Stille sehnte. Warum ich des Nachts so schlecht und überhaupt erst dann einschlafen konnte, wenn von nirgendwoher mehr ein Geräusch zu hören war. In mir kam denn ein jedes Mal die Angst auf, meine Mutter könnte sich etwas antun. Erst wenn sie schlief, dessen ich mir aber erst dann sicher sein konnte, wenn auch ein winziger Laut nicht mehr zu vernehmen war, vermochte auch ich meine Ruhe zu finden. Mit einem Mal verwunderte es mich überhaupt nicht mehr, dass ich mir über Jahre hinweg mit Drogen beim Einschlafen geholfen hatte und diese auch nach wie vor einnahm, um mich gewissermaßen zu beruhigen.

Am Abend ging es mir ganz gut und ich fasste endlich den Mut, Jules anzurufen, die schon mehrfach versucht hatte, mit mir Kontakt aufzunehmen, was ich bisher aber zu vermeiden gesucht hatte, wusste ich doch nicht so recht, worüber ich mit ihr sprechen sollte. Allerdings stand ja nun am nächsten Tage ihr Besuch an, der mich, wie ich ihr einige Stunden zuvor in einer Kurzmitteilung geschrieben hatte, in eine gewisse Bredouille brachte. Auf meine Nachricht hatte Jules äußerst gereizt reagiert, weshalb es mich nun bewog, mit ihr zu telefonieren und die Angelegenheit ins Reine zu bringen. Aus einem kurzen Telefonat jedoch, wie ich es geplant hatte, entwickelte sich ein langes und hitziges Streitgespräch, in dessen Verlauf sie entschied, ihren Besuch abzusagen, obschon sie dies nicht auf meine Bedenken hin tat, sondern infolge ihrer Empfindung, aus der Gruppe ausgeschlossen zu sein. Sie war sehr verärgert und erzählte mir, dass sie Jaros wegen wohl auch am nächsten Seminar nicht werde teilnehmen können.

Nach der Unterhaltung mit Jules war ich wie auch schon am vergangenen Abend in einer äußerst aggressiven Stimmung und bat erneut darum, mit einem Assistenten in den Wald gehen zu dürfen, wo ich mich wieder austoben konnte. Dennoch vermochte ich auch in dieser Nacht erst äußerst spät in den Schlaf zu finden und ruhte einmal wieder nur wenige Stunden.

Der nächste Tag sollte für mich sehr unangenehm beginnen. Gleich beim Aufwachen wurde ich von einem gewaltigen Schamgefühl überwältigt, das mich daran hinderte, zur Toilette zu gehen. Ich sah mich gezwungen, abzuwarten, bis die anderen in die Morgenmeditation gegangen waren, um dann ganz in Ruhe meinem Bedürfnis nachzugehen. Mit dem Waschen, das ich in den vergangenen Tagen meistens recht gut im Griff gehabt hatte, verhielt es sich an diesem Morgen äußerst grauenhaft. Ich konnte nicht aufhören, meine Hände zu schrubben. Auch das Duschen dauerte eine gefühlte Ewigkeit an, da ein Sauberkeitsgefühl nicht einsetzen mochte. Als ich es schließlich schaffte, den Waschraum zu verlassen und mich zum Frühstück zu begeben, glaubte ich schon, mich wieder gefangen zu haben. Nach dem Essen wurde ich allerdings eines Besseren belehrt, als ich erneut von einem gewaltigen Ekelgefühl ergriffen wurde und mich wieder in Ekstase zu waschen begann. Anschließend wechselte ich sogar meine Kleidung, bevor aufgrund des Kontaktes mit der selbigen nach dem Umziehen eine weitere extensive Reinigung meiner als äußerst beschmutzt empfundenen Hände notwendig wurde.

Im Gruppenraum angekommen, gewahrte ich in mir ein Gefühl unendlicher Leere, bei dem ich erstmals während dieses Seminars nicht mit meinen mich zu Tode quälenden Schamgefühlen in Berührung war. Und genau in diesem Moment, da ich diese Empfindung verspürte, erkannte ich mit einem Mal, was die Gruppenleiter meinten, wenn sie mir immer wieder zuredeten, dass ich meine Zwänge achten solle, da sie mich gewissermaßen vor etwas beschützten. Tatsächlich (und dessen wurde ich an diesem Morgen unverhofft gewahr) vermochten mich die selbigen bisweilen davor zu erretten, in meiner Scham nicht zugrunde zu gehen. Obgleich es womöglich nicht unschwer zu begreifen ist, war es meinen Zwängen, wenn sie ein besonders unerträgliches Ausmaß annahmen und ich mich ihnen gewissermaßen ganz und gar hingab, wahrhaftig möglich, mich für einen kurzen

Augenblick aus der Ablehnung und dem Ekel, den ich in Bezug auf mich selbst zu empfinden pflegte, zu befreien.

In meiner gefühlsmäßigen Starre stand ich schließlich beim Tanzen ziemlich hilflos da, konnte meine Füße und meinen Körper kaum bewegen und spürte nichts. Dann jedoch trug sich etwas zu, was mir als eine unglaubliche Wohltat in Erinnerung geblieben ist. Eine Gruppenteilnehmerin kam auf mich zu und nahm mich in den Arm. Ich weiß noch, dass ich sie förmlich zu erdrücken begann, so sehr überkam mich in diesem Moment ein Verlangen danach, gehalten zu werden und mich fallen lassen zu dürfen. Ich fing hemmungslos zu weinen an und klammerte mich mit aller Gewalt an die sich mir bietende Brust. Ich war wie ein kleines Kind, das sich nahm, was es unfehlbar brauchte. Ich war verzweifelt und äußerst glücklich zugleich, spüren zu dürfen, was für eine tiefe Sehnsucht nach zwischenmenschlicher und körperlicher Nähe unter der dicken Schutzschicht aus scheinbar unendlicher Leere schlummerte.

In der Mittagspause tauchte plötzlich Jules mit Jaro auf. Sie hatte offensichtlich, ohne mir Bescheid zu geben, entschieden, nun doch zu Besuch zu kommen. Trotzdem sie mich in einer Hängematte im regen Austausch mit einem Gruppenteilnehmer erblickte, ging sie wortlos an mir vorüber und hielt eine Begrüßung für unangebracht. Ich geriet in Raserei, beinahe in Hass, hätte ich doch wenigstens erwartet, dass sie mir ihre Planänderung mitteilen und nicht unverwandt auf einmal aufschlagen und mich damit gewissermaßen überrumpeln würde. Ich musste mich im Zaum halten, nicht völlig durchzudrehen, und es gelang mir vor lauter Ekel über ihr als rücksichtslos empfundenes Benehmen erst nach einiger Zeit, wenigstens für mein Bedürfnis zu gehen, meinen Sohn nach fünf Tagen wiederzusehen. Mit Jules pflegte ich indes einen kühlen Umgang und versöhnte mich erst gegen Ende ihres Besuchs mit ihr.

Nach der Mittagspause war ich derart aufgewühlt, dass es mir nicht gelingen mochte, mich auf das nun Anstehende zu konzentrieren. Gegen Ende der alltäglichen mehrstündigen Unterbrechung zur Mittagszeit hatte sich etwas zugetragen, was meine Gedanken gänzlich in Anspruch nahm. Janosch war im Waschraum auf mich zugekommen und hatte mich mit einer gewissen Befangenheit (oder hatte ich das nur so empfunden?) gefragt, ob wir uns bei Gelegenheit einmal unterhalten wollten, was ich freudig begrüßt hatte. Erwiderte er womöglich doch meine Begierde? In meinem Kopf entstand plötzlich die Idee, ihm ein privates Treffen in Anlehnung an sein Angebot vorzuschlagen, zumal ich plante, am übernächsten Wochenende zu einem Freund zu fahren, der in Janoschs Nähe wohnte. Es bot sich also förmlich an, ihn hinsichtlich einer Zusammenkunft zu kontaktieren, wobei ich entschieden war, ihm diesen Vorschlag erst nach dem Seminar in einer Nachricht zu unterbreiten. Ich hatte Angst, mit dem selbigen an ihn persönlich heranzutreten, zumal ich befürchtete, dass er dann womöglich von meinen Schwärmereien für ihn Notiz nehmen könnte.

Ja, mit Janosch privat zusammenzukommen war ein grandioser Einfall meiner Person und in meinen Gedanken malte ich mir dieses Treffen nun in den buntesten Farben aus. Ich stellte mir vor, mich mit ihm in einem Café zu verabreden und ihm sowohl meine leisen Begierden als auch meine mich überwältigende Sehnsucht zu gestehen, mit ihm intim zu werden, und sei es nur ein einziges Mal. Danach würde er völlig beglückt erwidern, dass auch er sich nichts lieber in all den letzten Monaten vorgestellt habe, als mich überall völlig hemmungslos zu berühren. Ach ja, was träumte ich da vor

mich hin, während wir eigentlich ein tibetisches Ritual vollzogen, das an mir aber beinahe spurlos vorüberging, da ich
zu sehr in meinen ausschweifenden Fantasien schwelgte! Zu
diesem Zeitpunkt ahnte ich nicht, dass eine solche Zusammenkunft mit Janosch tatsächlich in neun Tagen stattfinden
würde, bei der sich meine geheimen Wünsche allesamt erfüllen sollten. An der Stelle, an der ich mich jedoch damals
befand, hielt ich dies für vollkommen ausgeschlossen, ging
ich doch aufgrund meiner Leidensgeschichte unfehlbar davon aus, dass er niemals mit mir in einen intimen Kontakt
treten würde, weil er sich ganz bestimmt vor mir ekelte.

Zum Abschluss des Tages und vor der wie gewöhnlich stattfindenden Feier an diesem Abend, der der letzte bei diesem
Seminar war, gab es eine offene Aufstellung. Kurz zuvor war
ich ziemlich harsch aus meinen süßen Träumereien herausgerissen worden, da Jules mir eine Nachricht geschrieben
hatte, in der sie ankündigte, eventuell heute Abend zur Feier
zu kommen. Ich protestierte heftig. Alles wehrte sich in mir
und ich hoffte auf Unterstützung seitens der Gruppenleiter,
die mir aber versagt blieb, was mich noch mehr zur Weißglut
trieb und den Wunsch aufkommen ließ, umgehend abzurei-
sen. Einmal wieder hatte ich, wie auch schon bei meinen
Begierden einem Mann gegenüber, das Gefühl, mit dem, was
bei mir war, nicht gesehen zu werden.

Bei der offenen Aufstellung geriet ich schließlich in Schock.
Es ging um Hingabe und innerhalb kürzester Zeit bildete sich
in der Mitte des Kreises ein lustvoll stöhnendes, sich anei-
nander reibendes Rudel. Die Luft brannte und über allem lag
ein dichter Dunst von Sex. Ich vermochte es kaum zu ertragen, konnte der Situation jedoch nicht entfliehen, so starr
war ich angesichts des sich mir bietenden Szenarios. Hätte
ich den Mut aufzustehen und mein Auto vor der Tür gehabt,

so bin ich überzeugt, dass ich umgehend meine Sachen zusammengepackt hätte, geflüchtet und nie wieder an diesen sündigen und ekelhaften Ort zurückgekehrt wäre. Ja, diese Aufstellung schockierte mich derart, dass ich mit einem Mal an allem zweifelte, was ich bisher Bereicherndes an diesem Ort erfahren hatte. Ich stellte alles infrage und spürte ein ganz klares Nein zu dem, was sich vor meinen Augen zutrug und gleichzeitig zu meinen Ohren drang. Wenn *das* Leben war, so war ich mit absoluter Bestimmtheit entschieden, das selbige abzulehnen und für den Rest meines irdischen Daseins in der Hundehütte zu verweilen. Angesichts meiner Starre war ich jedoch zum Ausharren gezwungen, und so veränderten sich im Laufe der Aufstellung meine Empfindungen. Zunächst entwickelte sich ein leiser, kaum wahrnehmbarer Stolz, überhaupt die Fähigkeit zu besitzen, in diesem Raum voller Laster und Sünden zu bleiben und mir das Treiben anzuschauen und anzuhören. Und dann wurde mir plötzlich bewusst, was ich auch noch, und das womöglich vor allen Dingen, mit meinen Zwängen gewaltsam zu unterdrücken versuchte, und zwar meine eigene Sexualität. Ich gewahrte, dass ich mit aller Kraft meiner Zwänge seit jeher krampfhaft bemüht war, gerade diese mir so große Angst einflößenden sexuellen Impulse zu verdrängen und mit Entschiedenheit zu verurteilen. Und nun sollte diese Aufstellung, die mich derart massiv mit meinen eng gesteckten Grenzen konfrontierte, auf gewisse Art und Weise die Geburtsstunde meiner Sexualität werden. Ich erkannte darüber hinaus, warum ich Jules stets so viel Abneigung hinsichtlich ihrer nach außen getragenen Sexualität entgegenbrachte und warum ich mich förmlich zu Tode ängstigte, wenn sie mit mir oder auch grundsätzlich unter Menschen ging. Ja, ich lehnte jede Form sexueller Energie ab und duldete eine solche ausschließlich innerhalb einer Beziehung, während ich sie außerhalb als die größte Gefahr überhaupt betrachtete. Obschon ich mich keinesfalls in der Lage sah, mich dem bunten Treiben inmitten des Kreises in irgendeiner Form anzuschließen, und in meiner Zuschauerrolle blieb, änderte sich bei mir etwas ganz und gar Wichtiges grundlegend und ich war geradezu euphorisiert, als sich die Aufstellung dem Ende zuneigte. Nun stand ich auch Jules' Teilnahme am Abschlussabend vollkommen anders gegenüber und rief sie sogar an, um sie für ein paar Stunden einzuladen, während ich zuvor noch davon überzeugt gewesen war, mich im Falle ihres Erscheinens von der Feier auszuschließen und mit einem Boykott zu zeigen, was ich davon hielt. Nach der Aufstellung redete ich ferner wie im Rausch mit derjenigen, auf die ich vor zwei Abenden so eifersüchtig wegen Janosch gewesen war und von der ich einige Tage später erfahren sollte, dass sie auch tatsächlich diejenige war, in die er sich verliebt hatte. Ich war begeistert, dass ich, nur indem ich zugeschaut und mich konfrontiert hatte, um eine wesentliche Erkenntnis reicher geworden war. Im Laufe des sich anschließendes Abends war es mir nun sogar möglich, mich einer befreundeten Gruppenteilnehmerin gegenüber mit meinen leidenschaftlichen Gefühlen für Janosch zu zeigen. Von ihr bekam ich eine mich sehr erfreuende Rückmeldung bezüglich der sich im Laufe des Seminars bei mir gezeigten Fortschritte und sie sprach in diesem Zusammenhang von Quantensprüngen.

Mit Jules, die sich nur kurze Zeit auf der Feier aufhielt, fand ich einen angenehmen Umgang. Ich erzählte ihr viel von meinen Bewegungen bei diesem Seminar, auch wenn ich mich vorerst nicht mit meiner Verliebtheit in Janosch zeigte. Da sich die bei der Aufstellung entfaltete sexuelle Stimmung auf der Feier fortsetzte, war ein sehr sanfter und vorsichtiger Umgang mit ihr notwendig, da sie ob der vielen nackten Haut, die es an diesem Abend zu sehen gab, sehr irritiert war und ebenfalls in eine Art Schock geriet, wie es mir einige

Stunden zuvor widerfahren war. Ich fasste den Entschluss, mich Jules fortan mit meinen Bedürfnissen zu zeigen und ganz und gar aufrichtig zu ihr zu sein. Hatte ich mich während der Aufstellung in meiner Zuschauerrolle noch äußerst passiv verhalten, so wollte ich künftig auch aktiv am Leben teilnehmen. Ich empfand große Dankbarkeit für diese Aufstellung, die letztendlich den entscheidenden Ausschlag gegeben hatte, dass ich mich mit den auf diesem Seminar erfahrenen Bedürfnissen und Grenzen nicht nur kennen, sondern auch dafür einzustehen gelernt hatte, wie es mir an diesem letzten Abend schien. Ohne die Aufstellung hätte ich mich mit großer Sicherheit mit sämtlichen Erfahrungen wieder in meine Hundehütte zurückgezogen, um sie dort feierlich auf den Kamin zu stellen, ohne sie in mein Leben zu integrieren.

Abschließend sei zu diesem ereignisreichen Seminar noch zu sagen, dass ich von der Aufstellung am letzten Abend an keinerlei Ekel mehr verspürte, mich auf die zum Teil dort sehr schmutzigen Toiletten zu setzen, die ich in den Tagen zuvor und auch bei allen anderen Seminaren vor Gebrauch stets zu desinfizieren gepflegt oder mich lediglich über diese gehockt hatte. Auch konnte ich es gut nehmen, dass es zum Schluss kaum noch Seife gab. Es schien mir, als habe mir die Aufstellung einen wichtigen Schritt dahin gehend ermöglicht, mich von meinem Waschzwang und den Ekelgefühlen zu befreien.

Achtes Kapitel: Hoffnung

Das Seminar liegt nun schon mehr als drei Wochen zurück und es ist mir bis zum jetzigen Augenblick nicht gelungen, irgendetwas über die Zeit seither zu schreiben, in der sich die Ereignisse förmlich überschlagen haben. Dies liegt zum einen an einem gewissen Zeitmangel und zum anderen an meinem verwirrten und überfüllten Kopf, der mich keine Ruhe finden ließ. Nun aber möchte ich meinen Widerstand brechen und mich damit auseinandersetzen, was sich in dieser letzten Zeit zugetragen hat. Bevor ich mich jedoch wieder in lebhafte Schilderungen der Ereignisse hineinbegebe, ist es mir ein Bedürfnis darzulegen, wie es mir in diesem gegenwärtigen Augenblick ergeht. Ich bin wieder alleine in der eigentlich gemeinsam mit Jules und Jaro bewohnten Behausung, in der inzwischen das Chaos ausgebrochen ist, das sinnbildlich für meine aktuelle Lage ist. Vor drei Tagen habe ich nach einem langen und hitzigen Streit die Beziehung mit Jules beendet, woraufhin jene, die in den Tagen zuvor mit Jaro mit mir hier gelebt hatte, wieder zu ihren Eltern abgereist ist. Ich traf diese Entscheidung in der tiefen Überzeugung, dass ein Fortführen unserer Beziehung unter den derzeitigen Umständen keineswegs möglich ist. Gleichzeitig spürte ich eine große Angst, diesen Schritt zu gehen, da ich unfehlbar davon ausging, einen gewaltigen Fehler zu begehen, den ich in absehbarer Zeit zutiefst bereuen würde. Bisher ist diese Reue jedoch gänzlich ausgeblieben, wenngleich der Gedanke daran nach wie vor präsent ist und ich gewissermaßen einen jeden Augenblick darauf warte, dass ich in massive Selbstvorwürfe und Fassungslosigkeit über meinen Entschluss gerate. Doch nicht einmal Traurigkeit ist in mir vorhanden und ich bin vielmehr davon überzeugt, eine weise und ganz und gar richtige Entscheidung getroffen zu haben. Ich möchte erklären, warum ich zu dieser Ansicht gelangt bin und daran festhalte. Ich habe, so denke ich, in den letzten Wochen Stück für Stück erkannt, was für mich in einer Beziehung wesentlich ist, und bin darüber hinaus zu der Überzeugung gekommen, dass in einer solchen gleiche oder zumindest sehr ähnliche Vorstellungen von der selbigen erforderlich sind, damit ein angenehmes Zusammensein möglich ist.

Ich habe bereits in lebhafter Weise geschildert, dass ich mich in Janosch verliebt habe. Auch habe ich zumindest kurz erwähnt, dass ich meine Gefühle gemeinsam mit ihm leben konnte und dementsprechend in gewisser Weise Jules gegenüber untreu geworden bin. Ich möchte zu einem späteren Zeitpunkt näher darauf eingehen, wie es dazu kam, dass ich ganz unerwartet in die glückliche Situation geriet, Janosch so nahe zu kommen, wie ich es mir über einen längeren Zeitraum hinweg erträumt hatte. Zuvor ist es für mich jedoch von außerordentlicher Wichtigkeit niederzuschreiben, was sich mir darin und vor allem daraus folgernd gezeigt hat. Ich bin indes nicht sicher, ob es sich bei meinen Schlussfolgerungen um groben Unfug handelt und ich womöglich einem großen Irrtum unterliege, wenn ich mit Bestimmtheit sage, dass ich mir in meiner gegenwärtigen Lage keine Beziehung mit Jules oder überhaupt irgendjemandem vorstellen kann. Ich glaube derweil für mich erkannt zu haben, dass es mir im Moment von großer Bedeutsamkeit ist, im Kontakt mit Menschen für das zu gehen, was sich mir in diesem zeigt. Ich möchte, wenn ich in einem solchen ein sexuelles Bedürfnis verspüre, dieses ausleben können, um frei von jeglicher Moralvorstellung und durch eine Beziehung auferlegte Grenzen zu erfahren, wie es mir damit ergeht. Überhaupt konstatiere ich im Augenblick, dass mir meine Bedürfnisse, die ich lange Zeit nicht einmal gespürt und sie dementsprechend auch nicht habe leben können, gewissermaßen heilig sind. Man könnte mich an dieser Stelle wohl einen Egoisten nennen, der sich über Vereinbarungen und Grenzen hinwegsetzt und in aller Ausschließlichkeit das auslebt oder, richtiger gesagt, ausleben möchte, wonach es ihm im jeweiligen Moment beliebt. Ich halte dies allerdings nur für die halbe Wahrheit, denn man möge bedenken, wie lange ich meine Bedürfnisse tief in meinem Innern eingefroren und unterdrückt habe, sodass sie nun mit aller Gewalt und demnach nur allzu unaufhaltsam hervorzubrechen scheinen. Aus meiner Geschichte heraus ist es mir folglich überhaupt nicht zu wissen möglich, wie man Bedürfnisse wahrnimmt und anerkennt, ihnen denn aber doch aus bestimmten Gründen nicht nachgeht, weil sie etwa einer getroffenen Vereinbarung widersprechen. Und ist es nicht überhaupt zwingend notwendig, erst einmal in Kontakt mit all seinen Bedürfnissen zu kommen und diesen dann auch allesamt gerecht zu werden, um so nach und nach zu erfahren, dass man nicht grundsätzlich jedem einzelnen auch nachgehen muss? Oder muss nicht, um es besser zu sagen, Verzichten erst einmal gelernt werden?

Als ich nach den Tagen, die ich mit Janosch zugebracht und mich ihm leidenschaftlich hingegeben hatte, nach Hause zurückkehrte, wo sich am selben Tag auch Jules mit Jaro eingefunden hatte, um fortan wieder mit mir zusammenzuleben, sah ich mich erstmalig in meinem noch recht jungen Leben damit konfrontiert, untreu gewesen zu sein und die mir bis kurz davor noch so heilige Monogamie zerstört zu haben, die für mich in einer Beziehung stets von außerordentlicher Wichtigkeit gewesen war. Für mich kam jedoch nicht infrage, Jules dies zu verheimlichen, auch wenn ich große Angst verspürte, ihr mein Vergehen zu beichten. Ein Stillschweigen über das Geschehene empfand ich jedoch als allzu feige. Ferner war es mir gar zuwider, unsere weitere Beziehung auf einer Lüge aufzubauen und mit der ständigen

Panik zu leben, eines Tages enttarnt zu werden. Bei der Vorstellung jedoch, mich mit meiner Untreue zu offenbaren, musste ich mir eingestehen, dass ich zweifelsohne an Jules' Stelle die Beziehung beenden würde, weil ich in ihrer Position mit mich niederschmetternden Wertlosigkeitsgefühlen in Berührung käme, die ich wohl keinesfalls ertragen könnte. Ich war indes allerdings davon überzeugt, dass sie sich gnädiger zeigen würde, zumal ich davon ausging, dass der Umstand, dass ich mit einem Mann und nicht mit einer anderen Frau geschlafen hatte, die Angelegenheit ein wenig entschärfte. Machte es denn nicht auch tatsächlich in gewisser Weise einen Unterschied aus, dass ich sie nicht mit ihresgleichen betrogen hatte? Und war ich als bisexueller Mensch überhaupt in der Lage, wirklich monogam zu leben, oder war es mir als solchem nicht zwangsläufig nötig, bisweilen auch einmal einem Mann auf der sexuellen Ebene zu begegnen? Ich möchte nicht leugnen, dass ich diesbezüglich auch gewisse Zweifel hegte, da ich in der Intimität mit Janosch hatte gewahren müssen, dass es nicht sein männliches Geschlecht gewesen war, an dem ich mich in erster Linie erfreut hatte, sondern an ihm als Menschen. Hätte sich unsere Begegnung womöglich gar nicht wesentlich anders angefühlt, wenn es sich bei ihm um eine Frau gehandelt hätte? Und was war es nun eigentlich, was ich nach diesen Tagen von ihm wollte? Meine Verliebtheit und das Bedürfnis nach Nähe mit ihm hatten sich keineswegs gelegt, sondern sich vielmehr verstärkt. Bereits als ich in den Zug gestiegen und mir bewusst geworden war, dass ich ihn so bald nicht würde wiedersehen, waren mir Tränen gekommen und ich hatte ihn schon zu diesem Zeitpunkt heftig zu vermissen begonnen. Und nun kehrte ich zu meiner Freundin zurück, obwohl ich doch viel lieber bei Janosch geblieben wäre, um mit ihm noch etwas Zeit zu verbringen. Ich gewahrte, dass ich diesen Gedanken Jules gegenüber keinesfalls aussprechen durfte, wobei ich ja doch fest entschieden war, ganz und gar ehrlich zu ihr zu sein, auch wenn ich mich dabei ausschließlich auf das Geschehene zu beschränken hatte. Ich befand mich, wie an meinen Ausführungen unschwer zu erkennen ist, in einem heftigen inneren Konflikt, als ich mich mit meinem Gepäck der Wohnungstür näherte, hinter der Jules auf mich wartete.

Ich möchte an dieser Stelle den sich womöglich aufdrängenden Eindruck zerstreuen, dass Jules ganz und gar unvorbereitet auf mein Geständnis war. Meine Gefühle für Janosch hatte ich ihr bereits nach dem Seminar gestanden und sie hatte meinem Wunsche ferner zugestimmt, ihn zu treffen und mich ihm mit meinen Empfindungen zu zeigen. Im Vorfeld dieser Verabredung hatten wir uns zudem darüber verständigt, inwieweit ich mich Janosch für den Fall, dass er meine Gefühle erwidern sollte, nähern durfte. Nach langem Hin und Her hatte Jules mir auszuleben gestattet, was auch immer sich in der Begegnung mit ihm zeigen würde. Als ich ihr allerdings tags darauf am Telefon erzählte, dass ich mit Janosch geschlafen hätte, brach sie vor lauter Entsetzen über das Geschehene in Tränen aus und musste erkennen, dass sie ihre Zustimmung zwar gegeben, nicht aber dahintergestanden hatte. Sie hatte sich selbst übergangen, wobei sie sich wohl tief in ihrem Innern niemals hatte vorstellen können, dass ich tatsächlich bis zum Äußersten gehen würde, worin sie sich offensichtlich getäuscht hatte. Als ich sagte, dass ich mich an diesem Tage noch einmal mit Janosch treffen würde, widersprach sie nicht, sodass es zu einer zweiten Begegnung mit ihm kommen sollte.

Später jedoch, als ich bereits mit Janosch zusammengekommen war, bemerkte Jules, dass sie mit diesem weiteren Treffen überhaupt nicht einverstanden war. In einem angeregten Streitgespräch räumte ich schließlich ein, dass ich nicht noch ein zweites Mal mit ihm intim werden würde, was ich allerdings nur halbherzig und lediglich aus der Überzeugung heraus, dass *Janosch* dies wohl nicht ein weiteres Mal wolle, zusicherte. Bei mir jedoch gewahrte ich bereits in jenem Moment, als ich Jules' Bitte nachgab, dass ich sehr wohl das Bedürfnis nach einer weiteren leidenschaftlichen Begegnung mit ihm hegte. Wenngleich ich eine solche in der Folge zwar nicht unbedingt provozierte, ließ ich es aber doch gewissermaßen darauf ankommen, als ich eine Gelegenheit, den Abend mit ihm vorzeitig zu beenden, bewusst nicht nutzte und mich dafür entschied, bei ihm zu bleiben. Ich muss allerdings hinzufügen, dass wir uns den ganzen Tag über angeschwiegen hatten und ich dementsprechend überhaupt nicht wusste, woran ich bei ihm war. Ich merkte, dass ich mit dieser Ungewissheit keinesfalls abreisen konnte, zumal ich das Bedürfnis hatte, zumindest mit ihm über das zu reden, was am vorherigen Tage zwischen uns vorgefallen war. Vor diesem Gespräch verspürte ich indes eine ungeheure Angst, ging ich doch unfehlbar davon aus, Janosch werde mir eröffnen, dass für ihn der vorherige Abend nichts bedeute und er diesen womöglich sogar bereue. Zu meinem unbeschreiblichen Glücksempfinden aber bestätigte sich meine Befürchtung keineswegs und er gestand mir sogar, sich ein wenig in mich verliebt zu haben. Und so wurden wir schließlich beide wieder von einer derartigen Lust auf den jeweils anderen übermannt, dass ich mit Leib und Seele dazu bereit war, mich nicht an das Jules gegebene Versprechen zu halten. Diese weitere, vielleicht allerletzte Nacht mit Janosch war mir in diesem Moment alles wert und ich hätte für sie alles hergegeben. Und so kam es, dass wir einander nicht nur ein weiteres Mal leidenschaftlich hingaben, sondern auch gemeinsam bei ihm übernachteten, obschon ich nicht mit ihm im Bett, sondern auf einem auf dem Boden provisorisch errichteten Lager schlief.

Am nächsten Morgen wollte mich Janosch unbedingt zum Bahnhof begleiten, obwohl ich ihm erklärte, dass ich den Weg gewiss auch alleine fände. Von seinem Vorhaben ließ er sich indes nicht abhalten, und so befürchtete ich aufs Neue, von ihm zum Abschied noch etwas Niederschmetterndes zu hören zu bekommen. Ich war überzeugt, dass er mir zum Schluss sagen würde, dass alles ein großer Fehler gewesen sei oder aber zumindest dass sich etwas Derartiges nicht noch ein weiteres Mal zutragen dürfe. Zu meiner Überraschung verlief es aber auch dieses Mal ganz anders als erwartet und wir umarmten uns innig und küssten einander leidenschaftlich, wobei wir uns gegenseitig gestanden, dass uns diese miteinander verbrachten Tage sehr viel bedeuteten. Wie bereits weiter oben erwähnt, brach ich sogleich in Tränen aus, als wir uns aus der Umarmung gelöst hatten und ich in den Zug gestiegen war.

Im Gespräch mit Jules nannte ich keine Einzelheiten, sondern gestand ihr lediglich meine Grenzüberschreitung, woraufhin sie zunächst sehr gefasst reagierte und mir erklärte, dass sie sich angesichts meines Verstoßes von mir trennen werde. Es war offensichtlich, dass es sich dabei um eine Kurzschlussreaktion und nicht etwa um eine reiflich überlegte Entscheidung handelte und sie diese wenig später zurücknehmen würde. Sie erwartete anscheinend, dass ich nun lebhaft und leidenschaftlich beginnen würde, um sie und unsere Beziehung zu kämpfen, wozu ich mich allerdings keineswegs bereit zeigte und ihren Entschluss vielmehr respektierte. Sie geriet in Raserei, woraufhin ich bemüht war, zur Deeskalation beizutragen, und vorschlug, dass sich jeder von uns erst einmal beruhige. Mir war klar, dass in unserer beider Verfassung ein vernünftiges Gespräch nicht möglich war, obschon ich hier nicht den Eindruck erwecken möchte, als hätte ich mich in dieser Situation wie ein Erwachsener aufgeführt. Auch ich hatte mich sogleich verletzt gefühlt, als sie mir vorgeworfen hatte, mein Verhalten sei auch Jaro gegenüber äußerst egoistisch gewesen, da ich diese ihre Auffassung nicht teilen konnte und mich damit, dass ich schließlich, und das zunächst sogar mit ihrer Erlaubnis, für meine Bedürfnisse gegangen war, nicht gesehen fühlte, obschon ich gut nachvollziehen konnte, dass für sie die Tatsache äußerst schwer hinzunehmen war, dass ich mit jemand anderem geschlafen hatte. Nichtsdestoweniger hatte ich unweigerlich die Empfindung, mit der Erfüllung meines Wunsches ein großes Vergehen begangen zu haben und folgerichtig durch und durch falsch zu sein. Und dass sie an dieser Stelle Jaro ins Spiel brachte, befand ich für unerhört, hatte er meiner Meinung nach nichts mit dem zu tun, was sich zwischen Janosch und mir ereignet hatte.

Ich ging schließlich in mein Zimmer, kam jedoch mit einer ungeheuren Angst in Berührung, Jules könnte sich oder Jaro etwas antun, da in ihr, ihrem hitzigen Gemüt entsprechend, nach ihrer vermeintlichen Trennung zerstörerische Aggression aufgekommen war. Wie schon so oft verspürte ich regelrechte Panik, dass sie etwas Unüberlegtes tun könnte, auch wenn mir klar war, dass jene vor allem daher rührte, dass ich mich, wie weiter oben beschrieben, in meiner Kindheit stets der Todessehnsucht meiner Mutter wegen gefürchtet hatte. Allerdings hatte Jules in unserer fast zweieinhalbjährigen Beziehung schon in einigen Situationen die Nerven verloren und beispielsweise vergangenes Jahr in unserer alten Wohnung vor lauter Wut ein Fenster eingeschlagen. Ich hielt es deshalb nicht lange in meinem Zimmer aus und suchte erneut das Gespräch mit ihr, das nun auch einigermaßen ruhig und vernünftig geführt werden konnte. Wir kamen bald überein, dass die Entscheidung zur Trennung zu diesem Zeitpunkt verfrüht war und wir uns zumindest darin versuchen sollten, mit all dem, was geschehen war, und nach der viermonatigen räumlichen Trennung wieder zusammenzuleben.

In den folgenden Tagen gewahrten Jules und ich beide, dass sich das Miteinander in unserer gemeinsamen Wohnung unerwarteterweise recht angenehm zutrug. Dies lag zum einen daran, dass sich seit dem letzten Seminar die Zwangsproblematik hinsichtlich meiner Ekelgefühle und der aus diesen resultierenden Waschexzesse entspannt hatte und ich ferner auch in Bezug auf die Geräusche aus den Nachbarwohnungen deutlich unempfindlicher geworden war, und zum anderen daran, dass ich mir große Mühe gab, die von mir Jules gegenüber begangene Schandtat gewissermaßen wiedergutzumachen, indem ich all ihre Gefühlsausbrüche ertrug, die nicht selten von jetzt auf gleich wie ein Gewitter aufzogen. Es war teilweise möglich, mit ihr schöne Momente zu verleben, bevor sie dann ganz plötzlich ungemein traurig oder aggressiv wurde. Ich nahm mich stark zurück, bekannte mich ihr gegenüber in gewisser Weise schuldig und machte mich für all ihr Leiden verantwortlich. Das, worunter sie aber am meisten litt, vermochte ich ihr nicht zu geben. Nach dem Seminar hatten wir ein paar sehr schöne Tage miteinander verbracht, waren sehr ehrlich miteinander gewesen und hatten auch erstmals seit langer Zeit wieder auf der sexuellen Ebene erfüllende Momente geteilt. Nun jedoch war diese in den Tagen nach der letzten Gruppe gelebte Leidenschaft wie ausgelöscht und nur noch eine blasse Erinnerung. Vor allem mir erschien es undenkbar, zum gegenwärtigen Zeitpunkt daran anzuknüpfen. Jules unternahm allerdings einige Annäherungsversuche und brachte mich auf diese Weise in eine gewisse Zwickmühle, da ich einerseits das Gefühl hatte, alles für sie tun zu müssen und ihr dementsprechend auch solche Wünsche nicht abschlagen zu können, während ich aber andererseits, so sehr ich mich dies zu bekennen auch schäme, einen deutlichen Widerstand bei der Vorstellung verspürte, mit ihr intim zu werden. Ich überging mich allerdings an dieser Stelle und ließ mich auf einen Kuss ein, der sich äußerst unangenehm anfühlte.

Im Nachhinein wurde mir bewusst, dass es für mich deshalb ganz und gar undenkbar war, mich ihr körperlich zu nähern, weil eben gerade auf dieser sexuellen Ebene die ihr zugefügte Verletzung stattgefunden hatte, und zwar durch die mit Janosch gelebte Intimität, mit der ich mich Jules gegenüber keinesfalls offen zeigen konnte. Zwar war sie über das Geschehene in Kenntnis gesetzt, doch vermochte ich mit ihr nicht über das zu sprechen, was es mir tief in meinem Innern bedeutete. Ja, in unserem Umgang hatte nur die ihr dadurch entstandene Wunde Raum, während für mich die Angelegenheit auch etwas ungemein Kostbares und Erfüllendes beinhaltete und mich geradezu mit einer gewaltigen Glückseligkeit erfüllte. Ferner rief unsere lediglich auf ihr Empfinden beschränkte Auseinandersetzung diesbezüglich in mir starke Erinnerungen daran hervor, wie ich in meiner Kindheit, meine eigenen Bedürfnisse und Gefühle vernachlässigend, stets Sorge für das Wohl meiner Mutter getragen hatte. Ich hoffe, dass ich mich mit diesen meinen Gedanken verständlich machen kann und keine Verwirrung ob des Sinns meiner Worte stifte. Einmal wieder nahm ich Jules als meine Mutter und eben nicht als gleichberechtigte Partnerin wahr, weshalb ein jeder Gedanke an Sexualität mit ihr mit einem gewissen Ekel und dem Eindruck verbunden war, dass jene zwischen uns ganz und gar ausgeschlossen und wahrhaftig sogar falsch sei.

Mit Janosch hielt ich in diesen ersten Tagen nach meiner Rückkehr Kontakt, der Jules zusätzlich belastete, weil es sich für sie so anfühlte, als hätte ich eine Affäre mit ihm. Ich gab schließlich ihrer Bitte nach, mir vorerst nicht weiterhin mit ihm zu schreiben, womit ich mich aber von Anfang an nicht wohl fühlte. Doch auch an dieser Stelle überging ich mich Jules' Wohl zuliebe und handelte, wie ich es aus meiner Kindheit kannte. Es fiel mir zunächst nicht allzu schwer, auf den Kontakt mit Janosch zu verzichten, zumal ich jenen gewissermaßen auch selbst aus Angst davor, ihm zu nahe zu treten und schließlich abgewiesen zu werden, vermied. Wenn er sich aber meldete, verspürte ich sehr wohl das Verlangen, auf seine Nachrichten zu reagieren. Darüber hinaus fühlte es sich eigenartig an, mir in meinem erwachsenen Alter etwas verbieten zu lassen. Einmal wieder hatte ich die Empfindung, in meine Kindheit zurückversetzt worden zu sein. Als das Verbot erst zwei Tage alt war, bat ich Jules, Janosch schreiben und nach dem Verlauf seines Bewerbungsgesprächs, von dem ich wusste, dass er das selbige an jenem Tage führen würde, fragen zu dürfen. Sie stimmte zu, wenn auch unter der Bedingung, dass unser Kontakt ausschließlich auf den genannten Gegenstand bezogen sein sollte. Janosch, der allerdings nicht wusste, dass mir der Austausch mit ihm von Jules' Seite eigentlich nicht gestattet war, antwortete auf meine kurze Nachricht recht ausführlich und richtete seinerseits Fragen an mich, woraufhin ich letztendlich beschloss, mich nicht an das Verbot zu halten und ihm eine Antwort zu geben.

Am nächsten Tag erging es mir nicht sonderlich gut und ich gewahrte darüber hinaus, dass mich eine große Sehnsucht nach Janosch ergriffen hatte, der zufolge ich ununterbrochen an ihn denken musste. Zudem war ich rasend eifersüchtig. Es war Wochenende und ich befürchtete, er könnte sich gerade in diesem Moment mit jemand anderem treffen und womöglich sogar schlafen. Ja, diese Ungewissheit, was er in jenem gegenwärtigen Augenblick trieb, versetzte mich in panische Verzweiflung und ich war ganz und gar hilflos, mit den mich übermannenden Emotionen zurechtzukommen. Ich erinnere mich, wie ich rauchend auf der Dachterrasse stand und den sich mir aufdrängenden Impuls unterdrückte, laut aufzukreischen. Ich trat schließlich gegen die Hauswand, womit mir aber auch nicht geholfen war. Ich vermochte mir nicht auszumalen, jetzt zu Jules ins Bett zu steigen, sie in den Arm zu nehmen und einzuschlafen. Ich musste an dieser Stelle handeln, irgendetwas tun, um die Situation für mich erträglich zu gestalten. Am liebsten wäre mir selbstverständlich auf gewisse Art und Weise gewesen, Janosch sogleich anzurufen und ihn sozusagen zu kontrollieren, doch dies zu tun kam nicht infrage, zumal mir zu solch einer Handlung der notwendige Mut fehlte. Ich entschloss mich letztlich dazu, ihm wenigstens eine Kurzmitteilung zu schreiben und ihm darin von meiner Sehnsucht zu erzählen. Ohne abzuwarten, wie und ob er überhaupt auf diese reagieren würde, ging ich nun zu Bett. Jules, die ich dort wach vorfand, bemerkte sofort, dass ich mich in einer aufgewühlten Stimmung befand, doch ich drehte mich weg und gab ihr zu verstehen, nicht mit ihr darüber sprechen zu wollen. Ich schlief recht bald ein.

Am nächsten Morgen war ich sehr enttäuscht, nachdem ich voller Spannung auf mein Telefon geschaut hatte. Janosch hatte zwar geantwortet, nicht aber in der Weise, wie ich es mir erhofft hatte. Statt meine Sehnsucht zu erwidern, legte er mir nahe, auch wenn er Verständnis für mein Gefühl zeigte, dass ich versuchen solle, den Halt in mir selbst zu finden. Ich verstand diese Nachricht zunächst wie einen Korb und meine ohnehin schon angeschlagene Verfassung geriet mehr und mehr ins Wanken. Jules gegenüber verhielt ich mich noch gereizter als des Nachts zuvor und sie vermochte sich auszudenken, was in mir vorging, obschon ich eisern darauf bestand, mich ihr nicht anvertrauen zu wollen, fürchtete ich doch, ein weiterer Streit könnte sich zwischen uns entzünden, den ich wohl angesichts meines Zustandes nicht in der Lage zu schlichten gewesen wäre. Nachdem ich allerdings abends von einer Fortbildung zurück nach Hause gekehrt war, bekannte ich mich Jules gegenüber schließlich zu meiner starken Sehnsucht nach Janosch, wobei ich unerwähnt ließ, dass ich mich nicht an ihr Verbot gehalten hatte und mit meiner Empfindung auch an ihn herangetreten war. Ich fühlte mich ganz und gar nicht wohl, mich erneut über eine Vereinbarung hinweggesetzt zu haben und ihr dies darüber hinaus noch zu verheimlichen. Doch was für eine Wahl hatte ich an dieser Stelle, unweigerlich davon ausgehend, dass ich mit dem Geständnis einer weiteren Grenzüberschreitung, zu der es infolge eines nicht zu unterdrückenden Impulses meinerseits gekommen war, unserer ohnehin schon an einem seidenen Faden hängenden Beziehung den Todesstoß versetzt hätte?

Unglücklicherweise sollte ich mich wenig später erneut zu einer gewissen Heimlichtuerei gezwungen sehen. Zwei Tage, nachdem ich Jules meine Sehnsucht gestanden hatte, ging ich mittags zu unserem Briefkasten, um wie gewöhnlich nach der Post zu schauen. Ich vermochte meinen Augen kaum zu trauen, als ich in diesem vollkommen unerwartet ein kleines, an mich adressiertes Päckchen fand, das Janoschs Handschrift trug. Einerseits freute ich mich wie ein kleines Kind, hatte ich doch mit solch einer Überraschung niemals gerechnet. Andererseits wusste ich nicht, wie ich diesen für mich äußerst kostbaren Schatz unbemerkt in unsere Wohnung schmuggeln sollte. Jules war zu Hause und würde den selbigen sicherlich gewahren, wenn ich damit in der Hand zur Tür hineinkäme. Obschon ich nicht hatte ahnen können, dass Janosch mir ein Päckchen schicken würde, und ich dementsprechend in dieser Angelegenheit ganz und gar unschuldig war, setzte ich alles daran, dass sie davon keinerlei Notiz nahm, worin ich letztendlich erfolgreich war, auch wenn mir mein Herz bis zum Halse schlug und ich in regelrechter Panik meine Post versteckte.

Kurz darauf kam es zwischen Jules und mir zu einem Gespräch über das mir von ihr erteilte Verbot, Kontakt mit Janosch zu haben, das sie schließlich aufhob, da sie gewahrte, dass sie damit meine Gefühle nicht auszumerzen vermochte, sondern vielmehr noch verstärkte. Ich atmete erleichtert auf, wobei ich ihr auch jetzt nicht von Janoschs Päckchen erzählte, zumal wir die Vereinbarung trafen, dass ich zu keiner Berichterstattung über den Kontakt mit ihm verpflichtet sei.

Am Abend des darauffolgenden Tages sollte es schließlich zu der bis dato durchaus vermeidbar erscheinenden Trennung kommen. Diese Entwicklung vollzog sich gewissermaßen urplötzlich, wie aus dem Nichts, nach einem Tag, der sehr friedlich verlaufen war und, man möge wohl sagen, zu einem der besseren in dieser schwierigen Zeit gezählt werden könnte. Am Nachmittag noch stellten Jules und ich bei einem gemeinsamen Spaziergang durch den Botanischen Garten fest, dass wir in dieser gegenwärtigen Krise, in der wir uns befanden, einen sehr schönen Umgang miteinander pflegten und ferner auch ehrlich mit allem umgingen. So traute ich mich inzwischen sogar, mit ihr offen darüber zu sprechen, was ich für mich ganz persönlich aus den Tagen mit Janosch an Schönem und Erfüllendem mitgenommen hatte. Außerdem redete ich von der Notwendigkeit, mich damit auch anderen Menschen zuzuwenden, um zu erfahren, dass die Verurteilung aufgrund meiner Zuneigung für Männer, von der ich tief in meinem Innern unfehlbar ausging, dass sie mir entgegengebracht würde, de facto aber ausblieb und ich so einen über Jahre konservierten Irrglauben nach und nach aufzulösen imstande war. Mehr denn je erschien es mir nun allzu offensichtlich, dass ich mit all meinen zwanghaften und komplizierten Tagesabläufen, die kaum Raum zur Entfaltung meines Wesens boten, lange Zeit verzweifelt versucht hatte, einen Teil von mir zurückzuhalten und gewissermaßen zu überdecken, den ich infolge jenes Irrglaubens für falsch und ganz und gar verdorben befand.

Es war mir an diesem Tage besonders wichtig, mich abends mit einer vertrauten Freundin alleine treffen und mich ihr mit dem, was in mir vorging, offen zeigen zu können. Jules hatte dieser Verabredung zugestimmt und ferner eingewilligt, dass diese in unserer Wohnung stattfinden durfte. Sie hatte versprochen, sich zurückzuziehen und mir damit den von mir gewünschten Freiraum zuzugestehen. Wie ich später jedoch erfuhr, plagten sie starke Eifersuchtsgefühle, derer zufolge ihr dieses Treffen ganz und gar nicht recht war. Und so kam es denn auch, dass sie sich eben nicht zurückzog, der Verabredung anfangs sogar beiwohnte und anschließend schlaflos durch die Wohnung huschte. Ich fühlte mich keineswegs frei, mich der mit mir an unserem Küchentisch sitzenden Freundin anvertrauen zu können. Als ich später ins Wohnzimmer ging, um etwas zu holen, erblickte ich Jules auf dem Sofa, die wegen irgendetwas außerordentlich verstimmt zu sein schien. Ich sprach sie auf ihre Verfassung an und sie pflichtete meinem Verdacht bei, obschon sie darauf verwies, erst morgen mit mir darüber sprechen zu wollen, um meinen Abend nicht zu zerstören. Genau das war jedoch bereits in dem Moment, in dem sie dies sagte, geschehen, sodass an dieser Stelle die für mich so wichtige Verabredung ein jähes Ende fand, worüber ich in eine gewisse Wut geriet, weil sich mir der Eindruck aufdrängte, dass Jules meinen Abend ganz bewusst torpediert hätte.

Der Grund für ihre Verstimmung war indes eine Nachricht, die sie kurz zuvor von der Gruppenleiterin unseres Selbsterfahrungstrainings erhalten hatte. In dieser warf die selbige einige Fragen auf und lud Jules dazu ein, sich mit diesen auseinanderzusetzen, um herauszufinden, was für sie in der gegenwärtigen Situation das Richtige zu tun war. Die Formulierungen waren zum Teil sehr direkt und sowohl für Jules als auch für mich las sich diese Nachricht wie eine Aufforderung zur Trennung. Ich war sehr betroffen, als ich las, dass ich mit meiner Entscheidung der Beziehung die Grundlage entzogen hätte. Welche Entscheidung denn? Ferner stand dort geschrieben, dass alle irgendwann einmal getroffenen Vereinbarungen für mich offensichtlich keine Gültigkeit mehr hätten. In Anbetracht dessen allerdings, dass sich unserer Gruppenleiterin lediglich aufgrund einer von Jules am Vortag verfassten Nachricht Einblick in unsere gegenwärtige Situation bot, wäre es an dieser Stelle sicherlich sinnvoll gewesen, in den von ihr gewählten Worten nicht die Beantwortung dessen zu lesen, was es nun zu tun galt. Wir begingen jedoch beide den Fehler, uns zur Trennung aufgefordert zu fühlen, und Jules begann nun, massive Vorwürfe gegen mich zu erheben. Sie wollte, dass ich ihr bestätigte, dass sie bei mir niemals ankommen könne und ich diese Beziehung mit ihr überhaupt nicht wolle. Ich fühlte mich in die Ecke gedrängt. Ließ ich sie tatsächlich an der ausgestreckten Hand verhungern? Meinem eigenen Selbstbild zufolge dauerte es nicht lange, bis ich selbst durch und durch davon überzeugt war, in dieser Beziehung nichts als falsch und ungerecht zu sein. Ja, ich war ein ganz und gar schlechter Mensch und spielte mit den Gefühlen einer Frau, die mich aufrichtig liebte. Gleichzeitig aber war auch ich sehr verletzt, weil Jules mir erneut meine Verliebtheit in Janosch vorwarf und mich zu einer Entscheidung drängte. Wieder sah ich mich aufgrund meiner homoerotischen Gefühle verurteilt und dazu gezwungen, diese aufzugeben, damit es auch mir möglich war, bei ihr anzukommen. Ich merkte jedoch, dass ich mich an dieser Stelle keinesfalls übergehen konnte, da mir auch in diesen Momenten meine starken Empfindungen Janosch gegenüber bewusst waren.

Wir hätten wohl beide in dieser Situation, da ein jeder von uns gewahrte, dass sich da nicht zwei erwachsene Menschen, sondern zwei verletzte Kinder in einem hitzigen Streit befanden, das Gespräch beenden und uns beide zunächst einmal beruhigen sollen. Daran verschwendeten wir derweil jedoch keinen Gedanken, und so steigerte sich unser Disput zu einem unerbittlichen Kampf, in dem Jules mir die Bedingung stellte, ihr eine hundertprozentige Sicherheit zu geben, dass nichts und niemand jemals unserer Beziehung gefährlich werden könnte. Ich weigerte mich. Ich erwartete, dass sie nun aus meinem Nein zu ihrer Bedingung die logischen Konsequenzen ziehen und sich von mir trennen würde. Doch dieser Schritt blieb aus. Es war offensichtlich, dass sie nicht in der Lage war, diesen finalen Schritt zu gehen, auch wenn dies das einzig Konsequente gewesen wäre, was sie aus ihren nicht erfüllten Erwartungen ableiten konnte. Sie fing schließlich zu weinen an, beschwor mir ihre Liebe und gestand die daraus resultierende Unfähigkeit, die Beziehung zu beenden, die sie um jeden Preis aufrechterhalten wolle und die aufzugeben sie sich am meisten fürchte. Ich empfand großes Mitgefühl für sie. Ich sah, wie sie sich quälte und sich überging, indem sie den Schlussstrich nicht zog, obwohl sie das, was sie brauchte, nicht bekam. Nahm ich sie etwa nicht ernst? Wusste ich, dass sie sich nicht würde trennen können, und verweigerte ihr deshalb, was sie von mir forderte? Und waren ihre Forderungen, die ich für unerfüllbar und maßlos befand, nicht in Wahrheit doch berechtigt? Ich antwortete aus meinem Selbstbild heraus und bekannte mich gewissermaßen schuldig. Ja, ich war ein Egoist, ein widerwärtiger Fiesling, der sich daran ergötzte, dass die eigene Freundin eine Trennung nicht durchzusetzen fähig war. Und dementsprechend konnte ich tun und lassen, was auch immer mir in meinen kranken Sinn kam. Aus einer tiefen Verachtung vor mir selbst und um mich und gleichzeitig Jules von diesem ekelhaften Monster, das ich zu sein schien, gewissermaßen zu befreien, traf *ich* denn nun in diesem Moment die Entscheidung, unsere Beziehung zu beenden. Für Jules jedoch war dieser Entschluss alles andere als eine Befreiung. Sie geriet regelrecht in Verzweiflung und flehte mich an, das Ausgesprochene zurückzunehmen. Ich zeigte mich dazu allerdings keineswegs bereit, wusste ich nur allzu genau, dass ich mich selbst noch weniger würde ernst nehmen können, wenn ich eine derart schwerwiegende Entscheidung so ohne Weiteres revidierte. In ihrer unglücklichen Lage war Jules schließlich im Begriff, einem zerstörerischen Impuls nachzugeben, als sie sich ihre Jacke anzog. Sie hatte offenbar vor, zu dieser späten Stunde noch mit Jaro, der bereits seit langer Zeit schlief, zu ihren Eltern zu fahren. Angesichts ihres Zustands witterte ich jedoch eine grauenhafte Katastrophe, wenn sie jetzt ins Auto steigen würde, und setzte ihr die Verantwortungslosigkeit ihres Vorhabens vor allem Jaro gegenüber auseinander, was sie glücklicherweise einsah.

Wir kamen beide zur Besinnung und vermochten nun einigermaßen ruhig miteinander zu sprechen. Immer wieder tat Jules ihrer Verzweiflung über meinen fatalen Entschluss kund und bat mich, den selbigen zu widerrufen. Dies kam jedoch auch zu diesem Zeitpunkt für mich nicht infrage, da ich mich nicht erneut zu einer Entscheidung hinreißen lassen wollte, die aus dem Affekt heraus getroffen würde. Mir war wichtig, vorerst bei meinem Entschluss zu bleiben und zu schauen, wie es mir am darauffolgenden Tage mit diesem ergehen würde, um dann mit möglichst klarem Kopfe eventuell eine neue Entscheidung zu fällen.

Doch auch am nächsten Morgen und in den folgenden Stunden, bis sich Jules von ihrem Vater abholen ließ, um fortan wieder mit Jaro bei ihren Eltern zu wohnen, änderte sich nichts an dem am Vorabend von mir Beschlossenen. Ich schöpfte allerdings eine gewisse Hoffnung darauf, meine Meinung in den kommenden Tagen zu ändern und die Trennung rückgängig zu machen, da ich im Laufe dieser vorerst letzten Stunden mit Jules gewahrte, dass immer noch sehr viel zwischen uns möglich war. Dies zeigte sich vor allem in einem liebe- und respektvollen Umgang miteinander und in Verständnis für den jeweils anderen. Außerdem kam es zu einer körperlichen Annäherung, bei der ich erstmals seit einiger Zeit wieder Lust verspürte, mit ihr zu schlafen. Dazu sollte es allerdings nicht kommen, da sich Jaro trotz seiner Müdigkeit beharrlich einzuschlafen weigerte. Und als er endlich in den Schlaf gefunden hatte, war mein Impuls längst verflogen und Zweifeln gewichen, ob Sex zu diesem Zeitpunkt angesichts der jüngsten Entwicklung, die ohnehin schon reichlich Verwirrung in unserer beider Gemüter stiftete, nicht zu einer noch größeren Ungewissheit beitragen würde. Als ich mich Jules mit meinen Zweifeln zeigte, war sie sehr enttäuscht und traurig und fühlte sich um eine Möglichkeit, unsere Beziehung vielleicht doch noch zu retten, betrogen. Ich hingegen vermochte mich daran zu erfreuen, wieder mit meiner Lust auf sie in Berührung gekommen zu sein, und sah darin eine Möglichkeit, in den kommenden Tagen wieder mit ihr zusammenzufinden, auch wenn wir uns nun vorerst wieder räumlich trennten. Wir vereinbarten, erst einmal keinen Kontakt zu haben, damit ein jeder von uns, vollkommen unabhängig vom anderen, die Möglichkeit hatte, für sich zu schauen, wie es nun weitergehen sollte.

Neuntes Kapitel: Traurigkeit

Heute, sechs Tage nach unserer Trennung, kam Jules hierher zu mir in unsere Wohnung. Mit Brötchen in ihrer Tasche öffnete sie die Tür. Sie war angereist mit der Angst, dass heute unsere Beziehung endgültig vorbei sein würde, und zugleich mit der Hoffnung, dass sie schon morgen mit Jaro wieder hier einziehen könnte, wenn ich meinen Entschluss zur Trennung revidieren sollte. Ihr Schicksal lag gewissermaßen in meiner Hand. Unglücklicherweise stand meine Entscheidung bereits fest. Zu deutlich hatten mir die letzten Tage, in denen ich immer mehr Freiheit hatte spüren können, vergegenwärtigt, dass ich von meinem derzeitigen Platz aus die Beziehung mit ihr nicht würde weiterführen können. Und nun stand sie da, in hübsche Kleider gehüllt und geschminkt, wenn auch in keiner Weise übertrieben, sondern einfach nur schön. Es war ihr anzusehen, dass sie furchtbar angespannt war und für sie eine Menge auf dem Spiel stand.

Während ich diese Zeilen hier schreibe, kommen mir die Tränen. So gerne hätte ich sie in den Arm genommen und ihr gesagt, dass ich meine Entscheidung zurückzöge. So gerne hätte ich ihr mitgeteilt, dass die letzten Tage, die ich in dem Wissen zugebracht hatte, dass sie nicht mehr meine Freundin war und ich fortan tun und lassen konnte, was ich wollte, schrecklich gewesen seien und ich sie unheimlich vermisst hätte. Doch nichts davon entsprach der Wahrheit, wofür ich mich sehr schämte. Durch die Trennung schien es mir vielmehr, als hätte ich etwas für mich Wichtiges erkannt und daraus die logischen Konsequenzen gezogen. Wie sollte es mir möglich sein, länger mit ihr zusammenzubleiben, wenn mich unser Miteinander doch so sehr an die Kindheit mit meiner Mutter erinnerte? Wie sollte ich meine jüngst entflammten sexuellen Bedürfnisse, für die es mir nun scheinbar erstmalig in meinem Leben einzustehen möglich war, befriedigen, wenn ich Jules zwar objektiv als anziehend und attraktiv empfand, auf der emotionalen Ebene dies aber nicht fühlen konnte? Und wie sollte eine Beziehung mit ihr überhaupt möglich sein, da ich doch nach wie vor in jemand anderen verliebt war? Und welche Vereinbarungen konnte man an dieser Stelle mit einem Menschen wie mir treffen, der zu wissen glaubte, dass er bei seiner nächsten Zusammenkunft mit Janosch zu allem bereit sein würde?

Wir begannen sehr zurückhaltend. Beide waren wir unsicher, ein jeder verspürte große Angst. Jules erzählte, dass sie in den letzten Tagen viel für sich erkannt und in mir immer die Liebe ihres Vaters gesucht habe. An ihn hatte sie sich eigentlich gewandt, als sie unmittelbar vor unserer Trennung von mir verlangt hatte, dass ich ihr zusichern sollte, dass unsere Beziehung hundertprozentig sicher und unzerstörbar sei. Sie hatte viel geschrieben und las es mir vor. Es war sehr schön, ihr zuzuhören. Und doch wusste ich, dass ihre Entdeckungen auf die von mir getroffene Entscheidung keinen Einfluss mehr haben würden. Es war schrecklich, mit ihrer offensichtlichen, wenn auch nichts fordernden Hoffnung konfrontiert zu sein, die ich so unfehlbar zu zerschlagen hatte. Ich spürte, wie sehr ich sie liebte. Ich war sicher, dass sie die Frau war, mit der ich meinen Weg fortsetzen wollte. Aber war ich da wirklich sicher? Was war mit Janosch? Mit ihm konnte ich mir ja auch so einiges vorstellen. Ich geriet in eine gewisse Hilflosigkeit. Ich war mir bewusst, dass ich eine Frau endgültig verlassen und über kurz oder lang in die Arme eines anderen Mannes fortschicken würde, mit der ich nicht nur ein Kind hatte, sondern die mich darüber hinaus auch zweifelsohne liebte und so nahm, wie ich war. Ich hatte die Empfindung, etwas ungemein Kostbares und Wertvolles undankbar mit den Füßen zu treten und von mir zu stoßen. Ich kam mir so schäbig und falsch vor. Ich erzählte ihr, dass ich in den letzten Tagen sehr viel über Beziehungen im Allgemeinen nachgedacht hätte. Danach las auch ich ihr etwas vor. Ich merkte währenddessen, wie aus ihrem Gesicht mit jedem Satz, den ich sprach, die Hoffnung mehr und mehr verschwand. Als ich zum Ende kam, blickte ich in ein Gesicht, das durch und durch von Traurigkeit gekennzeichnet war. Mit meinen wenige Tage alten Aufzeichnungen, die keinen Zweifel aufkommen ließen, dass ich mich zum jetzigen Zeitpunkt zu keiner Beziehung für fähig befinde, hatte ich nicht nur all ihre Hoffnungen und Wünsche, sondern auch gewissermaßen unsere kleine Familie zerstört.

Wir hatten lange Zeit keinen Körperkontakt. Auch als die Fronten nach dem von mir Vorgetragenen geklärt waren und Jules hilflos und verzweifelt auf meinem Bette saß und mit den Tränen kämpfte, wagte ich mich nicht an sie heran. Ich hatte Angst, ihr zu nahe zu treten, etwas Heiliges mit meinen schmutzigen Händen zu entweihen. Nach einer Weile gingen wir auf die Dachterrasse, wo wir beide zu weinen anfingen. Es war furchtbar, einer dieser zwei Menschen zu sein, die so viel Liebe füreinander hatten und ihr Leben mit dem jeweils anderen teilen wollten und dabei doch so kläglich scheiterten. Es war mir, als trüge ich die alleinige Verantwortung dafür, weil ein winziges, kleines Wort meinerseits genügt hätte, um aus diesen zwei Unglücksraben die für einen Moment wohl glücklichsten Menschen dieser Welt zu machen. Und doch sollte es mir verwehrt bleiben, dieses eine entscheidende Wort auszusprechen, weil ich wusste, dass ich nicht mit jedem Aspekt meines Wesens dahinterstand. Ich war mir bewusst, dass ein Teil von mir genau das wollte, worauf wir gerade zusteuerten. Und obschon ich jenen abgrundtief hasste und vieles, ja wahrscheinlich sogar alles getan hätte, damit er wieder verschwand, so vermochte ich ihn doch nicht zu übergehen. Aber sollte es das wirklich gewesen sein? War unsere Beziehung, der wir in den fast zweieinhalb Jahren ihres Bestehens immer so viel Potenzial nachgesagt hatten, tatsächlich am Ende, obschon dies vor drei Wochen noch niemand für möglich gehalten hätte? Sollten wir wahrhaftig an dieser Stelle, an der wir beide feststellten, wie viel Liebe da noch für den jeweils anderen vorhanden war, voneinander scheiden? Es fühlte sich alles so unwirklich und falsch an. Immer wieder musste ich daran denken, wie wir uns so oft in den buntesten Farben unsere Zukunft ausgemalt, welche Pläne wir gehabt und welchen Namen wir für unseren zweiten Sohn bestimmt hatten. Sollte dies alles wirklich ein sich niemals erfüllender Traum gewesen sein?

Wir gingen hinein. Zu heiß war es draußen auf der Dachterrasse, über der die Sonne brannte. Es war wohl eine Art Kapitulation, ein Versuch, sich vor dem sich wie ein Todesurteil lesenden Entschluss, sich zu trennen, noch ein wenig zu drücken, die Augen vor der Wahrheit zu verschließen, als wir uns zusammen auf mein Bette legten und uns gegenseitig in den Arm nahmen, wobei wir fortwährend weinten. Wir hielten einander und konnten kaum glauben, an welch verzweifelten Punkt wir gelangt waren. Und als wir da so lagen, Körper an Körper, überkam mich plötzlich ein Lustgefühl und ich hatte das Bedürfnis, mit Jules zu schlafen. Ich hatte gewisse Bedenken bei der Vorstellung, nun in dieser Situation mit ihr intim zu werden, zumal ich wusste, dass sie sich von einer solchen Begebenheit mit Sicherheit doch noch die Rettung unserer Beziehung versprechen würde. Ich entschied, ganz und gar ehrlich mit ihr zu sein, und gestand ihr meine Lust, mit der ich denn auch erwidert wurde, obgleich der sich anschließende Sex vom dunklen Schleier, der unsere verzweifelten Gemüter umgab, überschattet war und vor allem Jules sich überhaupt nicht fallen lassen konnte. Gerade ihre Stimmung war nach diesem Vorkommnis ziemlich getrübt. Sie entschied, bald zurück zu ihren Eltern zu fahren, was ich für eine gute Idee befand, da ich sie als zunehmend gereizter wahrnahm und befürchtete, dass der bis dahin auf gewisse, wenn auch paradoxe Art und Weise wunderschöne Tag womöglich noch in einer fatalen Katastrophe enden würde.

Beim Abschied fühlte ich mich von Jules in meinem Schmerz und meiner Verzweiflung angesichts der Ausweglosigkeit unserer Lage nicht gesehen, als sie zum Ausdruck brachte, dass ich mit der Trennung eine freie Entscheidung getroffen hätte. Ihre Worte klangen in meinen Ohren wie ein Vorwurf. Aber war das wirklich so? Hatte ich mich tatsächlich durch und durch aus freien Stücken gegen die Beziehung und damit auch gegen sie entschieden? Oder verhielt es sich nicht vielmehr so, dass ich aus einer gewissen inneren Unsicherheit heraus nicht imstande war, Verantwortung für eine derart enge Bindung zwischen uns zu übernehmen? Und war es vernünftig, sich und eine unbestimmte, Unheil verheißende Ahnung um der Liebe willen zu ignorieren und sich auf diese Weise gewissermaßen zu übergehen? Als ich mich mit jenem Vorwurf, der vielleicht überhaupt gar keiner war oder sein sollte, konfrontiert sah, gewahrte ich, dass ich mich mit einem Mal innerlich sehr stark von Jules zurückzog und plötzlich wieder die vor dem Treffen präsente Meinung annahm, dass die getroffene Entscheidung die einzig richtige war. Dennoch blieb ein Gefühl von Einsamkeit und Leere zurück, als sie sich entfernt hatte und ich allein in unserer riesengroßen Wohnung zurückblieb. Ich begann sogleich sie zu vermissen und ging auf die Dachterrasse, weil ich hoffte, ihr noch nachsehen zu können, wenn sie mit unserem Auto davonfuhr. Ich schloss allerdings nicht aus, sie bereits verpasst zu haben, weshalb ich einige Minuten später wieder hineinging. Plötzlich hörte ich, wie die Wohnungstür geöffnet wurde. Es war Jules, die nicht hatte abfahren können und hineingestürzt kam. Wir liefen aufeinander zu und umarmten uns innig. Ich war sehr glücklich, dass sie, wenn auch nur für ein paar Augenblicke, zurückgekehrt war und wir dadurch noch die Möglichkeit hatten, etwas Zeit miteinander zu verbringen, bevor sie schließlich doch die Rückkehr zu ihren Eltern antrat und ich ferner zur Arbeit gehen musste.

Und was ist jetzt bei mir? Wie ergeht es mir nach diesem langen und intensiven Tag mit Jules, nach dem ich nun tief in der Nacht immer noch nicht in den Schlaf gefunden habe und entschieden bin, mich erst dann niederzulegen, wenn ich mich zur Genüge über die jüngsten Ereignisse ausgesprochen haben werde? Es fühlt sich irgendwie so an, als säße ich inmitten eines großen Scherbenhaufens, aus dem heraus ich keinen Weg zu finden vermag, der mich, ohne mir tiefe und dauerhafte Verletzungen zuzufügen, aus den Splittern führen wird. Ich fühle mich sehr schwach und habe die Empfindung, nach den lebendigen letzten Wochen, in denen ich förmlich aufgeblüht bin und gewissermaßen erstmals voll und ganz am Leben habe partizipieren können, ganz arg tief zu fallen, so tief, dass es mir vorkommt, als hätte man mich in die Zeit vor dem letzten Seminar zurückversetzt, als ich regelrecht eingesperrt in meiner Hundehütte vegetierte. Ja, diese ganze Kraft, die ich in den letzten Wochen mehr und mehr aus mir selbst heraus zu schöpfen fähig war, ist im Begriff, sich aufzulösen, und es scheint mir, als bräche mein gesamtes Wesen in sich zusammen. Bereits am gestrigen Abend zeigten sich diese Zerfallserscheinungen in einer verstärkt aufkommenden Zwangsproblematik.

Ich habe, wie sich nicht leugnen lassen kann, meine Mitte verloren und bin nicht in der Lage, im Moment zu sein, sondern hetze wie ein aufgescheuchtes Huhn von hier nach dort. Es ist, als stünde jemand mit der Peitsche hinter mir und erteilte mir stetig Befehle, die ich in schnellstmöglicher Geschwindigkeit auszuführen hätte. Dabei habe ich das Gefühl, mir selbst nicht vertrauen zu können. Ich weiß nicht, wofür ich gehen soll. Was ist richtig, was ist falsch? Ich habe einerseits den Impuls, zu Jules zu laufen und meine Entscheidung rückgängig zu machen. Andererseits ist da nach wie vor ein großer Zweifel, weil ich sehr unsicher bin, wie eine Beziehung mit ihr unter den gegebenen Umständen möglich sein soll. Ich merke, dass ich mir von Herzen wünsche, mit ihr wieder zusammenzufinden und auch in Zukunft mein Leben mit ihr zu teilen. Ich habe große Angst, dass ich, wenn ich tatsächlich an meinem Entschluss zur Trennung festhalte, mit ihr auf ewig einen Menschen verlieren werde, der mir unendlich kostbar und wichtig ist. Und vielleicht, ja wahrscheinlich sogar werde ich das mein ganzes Leben lang bereuen. Im gegenwärtigen Augenblick vermag ich mir allerdings nicht auszumalen, wie es weitergehen wird. Ich bin hin- und hergerissen, weiß weder ein noch aus. Ich denke jedoch, dass ich, bevor ich weitere Entscheidungen treffe, zu mir selbst und in meine Mitte zurückfinden sollte, damit es mir möglich sein wird, aus Überzeugung und mit Entschiedenheit zu handeln. Dies ist aber derweil angesichts meines äußerst labilen Zustandes ganz und gar undenkbar, was sich danach anhören mag, als wollte ich mich auf meiner Fragilität ausruhen oder mich mit dieser auf gewisse Weise entschuldigen. Doch dies beabsichtige ich keineswegs, zumal mich die selbige nur allzu grausam quält. In Anbetracht meiner gegenwärtigen Hilflosigkeit ist es mir vielmehr besonders wichtig hervorzuheben, dass ich zunächst den heute erfahrenen Schmerz, der ebenso mit den in den Tagen zuvor aufgekommenen Freiheitsgefühlen in Verbindung steht, in mir wirken zu lassen gestatte, um anschließend unter Einbeziehung aller Aspekte zu einer vernünftigen und erwachsenen Entscheidung zu gelangen.

Zehntes Kapitel: Ungewissheit

Seit dem jüngst beschriebenen Ereignis sind am heutigen Tage genau zwei Wochen ins Land gegangen, über die zu schreiben mir bisher nicht gelingen mochte. Die Trennung von Jules hat Spuren hinterlassen. Immer größer werdende Zweifel an der Richtigkeit meiner Entscheidung, die bei mehreren, allesamt von Jules ausgehenden und am Ende gescheiterten Versuchen, unsere Beziehung zu retten, stark infrage gestellt wurde, haben sich in mir breit gemacht. Meine Unsicherheit verleiht sich in einer ununterbrochenen Ruhe- und Rastlosigkeit Ausdruck, die mich keinen einzigen Moment still sitzen lassen. Seit einigen Tagen gewahre ich darüber hinaus, dass es mir kaum möglich ist, alleine zu sein. Wann immer ich nicht arbeiten oder sonstigen Verpflichtungen nachgehen muss, sehe ich zu, dass ich mich mit mir vertrauten Menschen, vornehmlich meinem Nachbarn, den ich von Tag zu Tag lieber gewinne, umgebe. Ja, die Einsamkeit, in der ich bis vor kurzem noch stets mein Heil zu suchen pflegte, ist mir gar zuwider geworden und versetzt mich regelrecht in Panik. Angesichts der anhaltenden Hektik, die mein gesamtes Wesen tagein tagaus von morgens bis abends befällt, ist es mir ferner schier unmöglich, mit der Schreiberei fortzufahren, für die eine gewisse Ruhe unabdingbar ist. Heute jedoch scheint es mir, nachdem ich gestern Abend bei dem Versuch, ein paar Zeilen zu Papier zu bringen, kläglich gescheitert bin, endlich zu gelingen, einige Gedanken zu fassen und niederzuschreiben. Ich werde indes darauf verzichten, eine chronologische Schilderung der letzten zwei Wochen abzulegen, und mit einem Brief an Janosch, den ich ihm selbstverständlich nicht zu lesen geben werde, einen Einblick in meine derzeitige Gefühlswelt gewähren. Und wer weiß, vielleicht zeige ich ihn ihm am Ende ja doch! Vorab sei hinsichtlich Janosch noch zu erwähnen, dass wir uns für das kommende Wochenende verabredet haben.

Lieber Janosch,

vier Tage sind es noch, bis wir uns wiedersehen, wobei ich mich natürlich frage, ob du nicht doch noch unser Treffen absagen wirst. Heute Morgen habe ich dir in einer Nachricht diese Option angeboten, gesetzt den Fall, dass sich deine Meinung seit deiner Zusage zu unserer Verabredung geändert hat und du dich nicht trauen solltest, mir das mitzuteilen. Da ich bisher noch keine Antwort von dir erhalten habe, gehe ich selbstverständlich unfehlbar davon aus, dass du gerade im Begriff bist, dir zu überlegen, wie du mir möglichst schonend weismachen kannst, dass du mich nicht wiedersehen möchtest. Oder du denkst darüber nach, wie du mir von vornherein klarmachen kannst, dass zwischen uns nicht wieder etwas laufen wird. Gewiss bist du entschieden, dich nicht noch einmal auf mich, der ich nun einmal ein Mann und keine Frau bin, einzulassen. Beim letzten Mal, als wir uns trafen, sagtest du mir ja bereits, wenn auch vor unserem Stelldichein, dass du dir in Momenten, in denen es dir schlecht gehe, vorstellest, wie du mit einer Frau glücklich auf einer Wiese liegest. Ja, ich weiß, dass eine intakte Beziehung mit einer solchen dasjenige ist, wonach du strebst. Ich bin dir vieles zu schenken bereit, aber ich befürchte, dass du es nicht wirst nehmen können, weil ich eben ein Mann bin.

Ich frage mich indes, was aus deiner Verliebtheit in diese eine Frau aus unseren Seminaren geworden ist. Oder hast du in den viereinhalb Wochen, in denen wir uns nun nicht gesehen haben, eine andere kennen gelernt? Oder womöglich einen Mann? Ich weiß, dass ich dir diese Fragen nicht zu stellen habe. Sie gehen mich nichts an, weil sie nichts mit mir zu tun haben, auch wenn ich mich stark von ihnen abhängig mache. Ich merke wohl, dass ich sehr bei dir bin und mich selbst dabei aus den Augen verliere. Ich bin mir bewusst, dass ich nichts von dir zu wollen, zu erwarten oder zu verlangen habe. Bisweilen jedoch kommt diese brennende und mich verzehrende Sehnsucht in mir auf, mit dir zu sein. Du sollst wissen, dass ich in diesen Momenten und auch grundsätzlich überhaupt nichts von dir erwarte oder verlange, zumal ich mich selbst als zu schlecht und unwürdig empfinde, als dass ich mich dazu für berechtigt hielte. Allerdings ist in dieser Sehnsucht ein so starkes Wollen enthalten, dass ich durchdrehen könnte. Angst und Eifersucht bahnen sich rasch einen Weg durch mein ganzes Gemüt und ich denke, dass all mein Glück nur davon abhängt, was du mit mir, der ich Wachs in deinen Händen zu werden scheine, tun wirst. Ich komme mir vor wie ein Bettler, der vor dir steht und dich anfleht, ihm ein Stück Brot zu geben. Gibst du es mir nicht, so werde ich sterben. Ich schäme mich dafür, dass ich so empfinde, zumal ich weiß, dass du meinen Hunger nicht wirst stillen können, weil ich offensichtlich etwas bei dir suche, was ich nur in mir selbst finden kann. Ich werde mit meinem Wollen lediglich genau das erreichen, was ich mit jeder Faser meines Körpers zu vermeiden suche, und zwar dass du mich fortstößt. Ich gehe davon aus, dass genau das passieren wird, zumal du bei unserem ersten und letzten Treffen, als wir am Mainspitz saßen und uns unterhielten, sagtest, dass du dich immer überfordert und in die Ecke gedrängt fühlest, wenn jemand in dich verliebt sei. Du habest dann sogleich große Angst, der oder die Verliebte (damals war es wohl noch *die* Verliebte, da du noch nicht wusstest, dass ich dir wenig später meine Gefühle gestehen würde) projiziere etwas in dich hinein, was zu geben du nicht imstande seist. Weiter sprachst du, dass du aus der Ecke heraus, in die du dich gedrängt fühlest, immer den größtmöglichen Abstand zu der an dich mit ihren Gefühlen herantretenden Person wählest. Nachdem du mir dies ahnungslos, dass ich in dich verliebt bin, mitgeteilt hattest, war es mir noch um einiges schwerer gefallen, dir den Grund zu nennen, warum ich mich mit dir hatte treffen wollen. Und seither sind mir diese deine Worte stets in Erinnerung, wenn ich mit einer Nachricht oder einem Vorschlag zu dir komme. Ich bin dann immer um ganz besondere Vorsicht bemüht, um dir ja nicht zu nahe zu treten und zu verhindern, dass du auf Abstand gehst und dich vor mir verschließt.

Ich weiß, wie es sich anfühlt, mit dem Wollen eines anderen Menschen konfrontiert zu sein. Ich weiß es sehr wohl und erfahre es derzeit am eigenen Leibe. Ich reagiere dann ganz ähnlich wie du, fühle mich in die Ecke gedrängt und gehe in einen großen Abstand. Ich vermag den anderen denn in keiner Weise an mich heranzulassen und blocke alles ab. Ich erlebe dies gerade mit Jules und ihren vehementen Versuchen, unsere Beziehung zu retten. Sie wird nicht müde, sich immer wieder neue Ideen einfallen zu lassen, wie wir doch weiterhin zusammenbleiben könnten, und ist bereit, mir alle möglichen Freiräume zu geben. Es scheint mir, als sei sie zu allem gewillt, um diese Trennung aufzuheben. Ich habe mir ihre Vorschläge sehr zu Herzen genommen und sie auseinandergesetzt. Bevor ich jedoch Klarheit darüber gewinnen konnte, ob sich die selbigen für mich stimmig anfühlten, hat sie eine Entscheidung von mir gefordert. Sie musste dies nicht einmal aussprechen, sondern ich habe es schon vor den jeweiligen Begegnungen mit ihr gespürt und vermochte mich schließlich lediglich äußerst befangen in diese zu begeben. Jeden Körperkontakt, jeden Blick, jedes Wort habe ich gescheut. Und beim letzten Mal, das erst zwei Tage zurückliegt, bin ich fluchtartig ins Auto gestiegen und nach Hause gefahren. Ich respektiere, dass Jules gerade in ihrer jetzigen Situation, in der sie mit Jaro bei ihren Eltern lebt, eines klaren Wortes bedarf. Ich kann es gut verstehen und vermag es ihr dennoch nicht zu geben, wobei ich mich aus dieser Unfähigkeit heraus und in meinem ganzen Schuldbewusstsein ihr gegenüber sehr abweisend verhalte, wofür ich mich wiederum zutiefst schäme. Darüber hinaus vernichtet diese zu Tage tretende Abwehrhaltung alle positiven Gefühle, derer gewiss viele vorhanden sind, die ich aber so tief in mein Inneres zurückdränge, dass sie mir kein bisschen mehr spürbar sind.

Du hast inzwischen auf meine Nachricht reagiert. Nachdem ich gestern Abend diesen Brief an dich begonnen hatte, schlugst du mir ein Telefonat vor. Ich geriet sogleich in große Aufregung und befürchtete, dass nun die Stunde der Wahrheit schlug. Ich sah kommen, dass all meine Hoffnungen zu Staub zerfallen würden, und zitterte bei der Vorstellung, in wenigen Augenblicken dein mich vermutlich in Stücke zerreißendes Urteil zu vernehmen. Im Gespräch spürte ich eine große Unsicherheit bei dir und du teiltest mir rasch mit, dass dich unser bevorstehendes Treffen mit einem gewissen Unbehagen erfülle. Du machtest mir klar, wovor es mich so lange gefürchtet hatte, dass wir uns keinesfalls noch einmal so nahe wie beim letzten Mal kommen dürften, zumal du dir ohnehin nicht sicher seist, ob dir ein Treffen mit mir überhaupt möglich sei. Du erzähltest mir von deiner Angst, der Grund zu sein, warum Jules und ich uns getrennt hätten.

Infolge dieser Befürchtung fühle es sich für dich nicht stimmig an, dich noch einmal auf mich einzulassen, obschon du dich nach wie vor zu mir hingezogen fühlest und ein wenig in mich verliebt seist. Wären wir die einzigen zwei Menschen auf dieser Welt, so würdest du auf alle Fälle schauen, was zwischen uns möglich sei. Ich erinnere mich nicht an deinen genauen Wortlaut, aber so in der Art sagtest du es.

Ungeheure Traurigkeit kam in mir auf. Sollte etwa zwei Menschen, die offensichtlich Gefühle füreinander hegen und zumindest auf der emotionalen Ebene den gemeinsamen Wunsch haben, sich näher zu kommen, infolge einer Kopfentscheidung, die aus einer Angst heraus getroffen wird, die Möglichkeit darauf verwehrt bleiben, zärtlich aufeinander zuzugehen und ihre Gefühle zu leben? Ich vermag dein schlechtes Gewissen Jules gegenüber gut zu verstehen. Vermutlich erginge es mir an deinem Platz nicht wesentlich anders. Dennoch war es mir in unserem Gespräch ein großes Bedürfnis, dir zu verdeutlichen, dass die Trennung von ihr nicht im Zusammenhang mit dem steht, was zwischen uns möglich ist. Ich hoffe sehr, dass ich mich dabei nicht allzu sehr ereifert und dich dadurch in die Ecke gedrängt habe. Es war keineswegs meine Absicht, dir irgendetwas auszureden oder mich dir in gewisser Weise schmackhaft zu machen. Obgleich ich mir sicherlich nichts mehr gewünscht hätte, als dass ich deine irrationale, wenn auch dadurch nicht minder berechtigte Angst durch meine Worte hätte verjagen können, ist es mir an dieser Stelle äußerst wichtig, dir mitzuteilen, dass ich deine Angst voll und ganz respektiere. Ich bin bereit, auch damit mit dir zu gehen, dich zu treffen und dir zu geben, was auch immer du an Sicherheit von mir brauchst. Ich merke, dass ich mit Liebe auf diese Angst schauen kann. Ich lasse sie ganz bei dir und entschuldige mich vorab für den

Fall, dass mir dies womöglich in der ein oder anderen Situation nicht gelingen mag.

Am Ende unseres Gespräches habe ich noch einmal meinen Wunsch zum Ausdruck gebracht, dich am kommenden Wochenende wiederzusehen, dir aber gleichzeitig die Freiheit eingeräumt, es dir noch einmal gründlich zu überlegen und mir anschließend deinen Entschluss mitzuteilen. Ich möchte nicht bestreiten, dass ich sehr hoffe, dass du dich für ein Treffen entscheiden wirst. Ich werde allerdings ebenso akzeptieren, wenn es nicht so ist. Für mich steht fest, dass ich für meine Gefühle, die ich für dich habe, in jedem Falle gehen werde. Dabei spielt keine Rolle, wie du dazu stehst, obschon es mich gewiss mit einer großen Freude erfüllen würde, wenn du mit mir gingest. Das kann ich aber nicht erzwingen, zumal ich davon auch nichts hätte. Ich werde dazu stehen, dass du der erste Mann bist, bei dem ich mich traue, Gefühle zuzulassen, die ich mir bis dato für einen solchen zu hegen verboten habe. Ich kenne zwar diese heimlichen Begierden für Männer, die mich in der Vergangenheit mitunter stark gequält haben. Niemals zuvor aber habe ich für einen Mann auch nur ansatzweise Ähnliches wie für dich empfunden.

Meine Mutter hat früher einmal zu mir gesagt, dass sie zwar sehr tolerant Homosexualität gegenüber sei, es aber nicht ertragen könnte, wenn ihr eigener Sohn schwul wäre. Diese Aussage hat sich mir in Mark und Bein eingebrannt und ich habe mir spätestens zu jenem Zeitpunkt strikt untersagt, jemals einen Mann zu lieben, zumal ich ja darüber hinaus in dem Glauben aufgewachsen bin, in aller Ausschließlichkeit ihre Bedürfnisse und die meiner Familie zu befriedigen und dabei die meinigen gänzlich zu vernachlässigen. Seit dem letzten Seminar aber weiß ich, dass es wichtig ist, dass ich mich auch um mich und das, was *ich* mir wünsche, kümmere, zumal man die eigenen Bedürfnisse zwar zu unterdrücken und einzufrieren in der Lage ist, sie aber niemals wird ausmerzen können. Nicht umsonst habe ich mich jahrelang zwanghaft gewaschen (worunter ich heutzutage ja immer noch leide) und auch andere neurotische Verhaltensauffälligkeiten an den Tag gelegt. Mit diesen habe ich seit Anbeginn meiner Jugend und dem Erwachen meiner zärtlichen Empfindungen eine von vielen verachtete und verurteilte Fähigkeit zu verdrängen gesucht, nämlich jene, auch einen Mann lieben zu können. Es war mir ferner nicht einmal möglich, dies überhaupt als Fähigkeit anzuerkennen, sodass ich mich meiner Gefühle infolge der irrsinnigen Annahme, dass es sich bei diesen um eine perverse Neigung handeln würde, zu Tode geschämt habe. Doch gerade um diesen Irrglauben aufzulösen und die Wahrheit aufzudecken, ist es für mich ganz und gar notwendig, mich diesen leidenschaftlichen Empfindungen für dich mit jeder Faser meines Körpers hinzugeben. Und noch einmal, um mögliche Missverständnisse von vornherein aus dem Wege zu räumen, sei an dieser Stelle hervorgehoben, dass es für meine Hingabe von deiner Seite aus nichts bedarf und du völlig frei bist, zu entscheiden, wie du damit umgehen magst.

Vielleicht ist es dir angesichts des gerade eben Angeführten zu erkennen möglich, dass deine Angst, der Trennungsgrund zu sein, auf einer falschen Annahme beruht. Womöglich aber, wobei ich mich nicht auf Spekulationen einlassen möchte, die in aller Ausschließlichkeit dich betreffen und mich dementsprechend nichts angehen, dient dir diese deine Angst unbewusst auch als Möglichkeit, deine Gefühle für mich zu unterdrücken, weil auch du, so wie auch ich bis noch vor kurzer Zeit, im Grunde genommen etwas ganz anderes fürchtest. Ich hoffe, dass ich mich damit nicht zu weit aus dem Fenster lehne. Vielleicht aber ist das eine weitere Gemeinsamkeit, die wir teilen. Ich zumindest kenne dies aus meiner eigenen Geschichte nur allzu lebhaft. Ich werde aber auch das ganz bei dir lassen und dich damit voll und ganz akzeptieren und lieb haben.

Ich habe diesen Brief nicht in der Absicht geschrieben, ihn dir zu schicken. Nun aber und vor allem auch im Hinblick auf unser gestriges Telefongespräch liebäugele ich durchaus mit dem Gedanken, dich, an den dieser Brief ja schließlich auch gerichtet ist, daran teilhaben zu lassen. Ich verspüre allerdings eine sehr große Angst davor, dir mit meinen offenen Worten viel zu nahe zu treten und dich gewissermaßen zu verschrecken. Außerdem möchte ich nicht den Eindruck erwecken, dich in deiner Entscheidung, was das kommende Wochenende angeht, beeinflussen zu wollen. Dies ist keinesfalls meine Absicht, wenn ich mich dazu entschließen sollte, mich dir mit dem von mir Geschriebenen zu zeigen. Zudem muss ich mir eingestehen, dass ich mich doch ganz besonders gerade vor dir für meine Ausdrucksweise schäme, die so gar nicht zeitgemäß ist und womöglich einen abgehobenen Eindruck macht. Na ja, ich denke, dass ich vorerst meinem durchaus vorhandenen Impuls, dir diesen Brief zu schicken, nicht nachgeben, sondern erst einmal abwarten werde, was für eine Entscheidung du in Bezug auf das bevorstehende Wochenende treffen wirst. Vielleicht werde ich dann ja entschiedener sein, ob ich dir diesen Brief wirklich zumuten kann.

Ich wünsche dir alles Gute.
Dein Patrick

Letztes Kapitel: Abschied

Nachdem ich in den letzten Wochen so ziemlich alles verloren zu haben scheine, was mir lieb und teuer ist, ist es an dieser Stelle wohl an der Zeit, Abschied zu nehmen. Abschied zum einen vom Traum eines glücklichen Familienlebens mit Jules und Jaro und zum anderen auch von Janosch, der mir vergangene Nacht mitgeteilt hat, dass er sich gegen unser Treffen an diesem Wochenende entschieden habe.

Ferner nehme ich vorerst auch Abschied von der Schreiberei, die mich in den letzten Monaten zu viel Kraft gekostet hat, als dass es mir möglich wäre, meine Aufzeichnungen fortzusetzen. Ich gehe zudem davon aus, dass ich mich zur Genüge ausgesprochen habe und es keiner weiteren Worte meinerseits bedarf. Wovon sollte ich noch schreiben, nachdem ich meine Lage hinreichend dargelegt und all meine Gefühle und Gedanken offenbart habe?

Ich habe überlegt, wie ich mein Schriftstück am besten beschließen könnte, und letztendlich entschieden, zu seinem Abschluss einen weiteren an Janosch gerichteten Brief zu verfassen, den ich ihm wie auch schon den ersten vor allem angesichts der gestern von ihm erteilten Absage nicht übermitteln werde.

Einen solchen Ausgang meiner Aufzeichnungen hätte ich vor vier Monaten, als ich diese begann, für allzu undenkbar gehalten. Möge ich aus diesem lange Zeit unwahrscheinlichen Ende Mut schöpfen und darin erkennen, dass die Wandlungen des Lebens ganz und gar unvorhersehbar sind!

Lieber Janosch,

das von mir am meisten Gefürchtete ist eingetreten: Du hast dich gegen unsere Verabredung entschieden und mir mehr als deutlich zu verstehen gegeben, dass von deiner Seite aus nichts zwischen uns möglich ist. Ich vermag mit Worten kaum zum Ausdruck zu bringen, mit welch unbeschreiblicher Freude ich unserem Treffen regelrecht entgegengefiebert habe. Morgen für Morgen habe ich mich auf ein Neues gefreut, dass wieder eine Nacht weniger verblieb, bis es endlich so weit sein würde. Ich habe stets auf gewisse Weise um das Stattfinden dieses Treffens gebangt, doch habe ich nicht damit gerechnet, dass sich das Schicksal als so grauenhaft erweisen würde, dass dieser für mich schrecklichste Fall tatsächlich eintritt. Wenn ich jedoch recht darüber nachdenke, vermochte ich mir zu keinem Zeitpunkt auszumalen, wie unser Treffen verlaufen würde. Jetzt weiß ich, warum mir dies so unvorstellbar war, und zwar weil es eben nicht stattfinden wird. Das Wiedersehen mit dir erschien mir wie ein heller Lichtstrahl am Horizont. Und jetzt, da der selbige versiegt ist, wirkt alles um mich herum so trist und trostlos. Was gäbe ich darum, nur ein paar wenige Stunden mit dir zu haben!

Fürchte nicht, dass ich dich für deinen Entschluss schelte oder aber dir in irgendeiner Weise zürne! Denn wie könnte gerade ich, der ich in den letzten Monaten so leidenschaftlich für meine eigene Freiheit gekämpft habe, irgendeinen Groll gegen dich hegen, wenn du um deiner persönlichen Freiheit willen eine Entscheidung triffst und mich an dieser so offen und ehrlich teilhaben lässt? Du bist ein freier Mensch und ich respektiere das von dir Beschlossene voll und ganz, auch wenn es mich mit großer Traurigkeit erfüllt und in eine gewisse Verzweiflung stürzt. Wir sind beide für unsere jeweiligen Bedürfnisse gegangen und darin unglückseligerweise nicht übereingekommen. Ich vermag mir indes nicht auszutreiben, dies außerordentlich zu bedauern. Ich suche nach einer Erklärung, ja flehe weiß Gott wen an, mir auseinanderzusetzen, warum wir zwei nach dieser wunderschönen Zeit, die wir vor wenigen Wochen miteinander verlebten, vermutlich nicht noch einmal in den Genuss kommen werden, einander so anzunähern, wie ich es mir tagtäglich zu erträumen pflege. Umso paradoxer und dramatischer erscheint mir die ganze Angelegenheit gerade deshalb, weil ich weiß, dass du dich auch zu mir hingezogen fühlst und ähnliche Sehnsüchte verspürst, auch wenn du einräumst, dass dir tiefe Nähe (mit mir?) nicht möglich sei.

Gewiss habe ich längst eine Erklärung gefunden, warum du zu mir auf Abstand gehst. Es ist, richtiger gesagt, die Erklärung dieses unausstehlichen, mein gesamtes Wesen zersetzenden Wurmes in mir, der meinem erkrankten Herzen unablässig und unbarmherzig Nadelstiche verpasst und mir in einem fort zuredet, dass ich es sei, der die Schuld daran trage, dass du mich nur allzu deutlich und unmissverständlich zurückgewiesen hast. Ohne den Hauch eines Zweifels zu hinterlassen, hast du mir erklärt, dass du mich bis zum nächsten Seminar nicht wiedersehen möchtest. Deine Entschiedenheit ist nicht zu verkennen, doch scheint es mir, als handeltest du aus einer gewissen Not heraus. Für mich fühlt es sich an, als habest du dich ganz und gar vor mir verschlossen, als sei jeder Versuch, mit dir in Kontakt zu treten, bis zur Lächerlichkeit unsinnig.

Ja, ich höre diese hässliche Stimme des Wurmes ganz deutlich zu mir sprechen: „Du hast ihn in die Ecke gedrängt, dich ihm angewidert, dich allzu sehr mit deiner ekelhaften Bedürftigkeit gezeigt. Dagestanden hast du wie der letzte Idiot und gar zu jämmerlich und erbärmlich gebettelt. Kein Wunder, dass der Junge sein Heil in der Flucht gesucht hat und sich, wann immer ihr euch in Zukunft sehen werdet, möglichst von dir fernhalten wird. Du hast schon immer die Menschen, in die du verliebt warst, auszusaugen gepflegt und dadurch stets vergrault. Und jedes Mal begehst du wieder denselben dummen Fehler. Ich habe dir schon mehrfach geraten, es sein zu lassen mit dem Verlieben. Wann wirst du endlich auf mich hören?"

Dieser Wurm ist ein Teil von mir und lässt mich in diesen schwierigen Stunden, in denen ich alleine und verzweifelt in meiner riesengroßen Wohnung sitze und bemüht bin, nicht die Fassung zu verlieren, schier wahnsinnig werden. Ganz besondere Vorwürfe mache ich mir einer Kurzmitteilung wegen, die ich dir gestern Abend schrieb, bevor du mir wenig später dein furchtbares Urteil verkündetest. In dieser meiner Nachricht bat ich dich gewissermaßen um eine Entscheidung bezüglich des anstehenden Wochenendes, obwohl wir in unserem zwei Tage zuvor geführten Gespräch vereinbart hatten, dass *du* dich bei mir melden würdest. Ich sah mich gestern Abend allerdings keineswegs mehr imstande, diese unerträgliche Ungewissheit auszuhalten, zumal das Wochenende schon sehr nahe gerückt war. Ich fürchtete, immer länger und länger auf deine Meldung warten zu müssen. Und womöglich hättest du mir überhaupt nicht Bescheid gegeben und ich wäre noch am Samstag Morgen in der Ungewissheit gewesen. Vielleicht aber hättest du mir auch heute von dir aus eine Zusage gegeben. Wer weiß das schon?

Wie so oft in meinem Leben habe ich für etwas gekämpft und am Ende verloren. Warum überhaupt habe ich mich in dich verliebt? Du hast selbst gesagt, dass ich mit Jules eine wunderbare Frau an meiner Seite gehabt hätte. Ganz recht hattest du damit und geliebt hat sie mich obendrein. Und doch bist du es, den mein Herz an dieser Stelle lieben möchte. Aber warum will es das bloß? Wieso kann ich dich nicht einfach aus meinen Gedanken streichen und den Menschen lieben, der auch von mir geliebt werden mag? Wieso hege ich Gefühle für dich, der du diese zwar gewissermaßen erwiderst, dafür zu gehen aber kein Stück bereit bist? Ich komme nicht umhin, diese Situation für katastrophal zu befinden, obschon mir dies selbstverständlich nicht weiterhilft.

Ich erinnere mich, wie du, als wir uns nach unserer letzten leidenschaftlichen Begegnung in die Augen schauten, zu mir sagtest, dass du mich gerade ungemein hassest. Auch jetzt in diesem Moment, da das Wochenende, welches wir eigentlich gemeinsam zu verbringen beabsichtigt hatten, kürzlich begonnen hat, spüre ich diesen deinen Hass mir gegenüber sehr deutlich. Wahrscheinlich aber bin auch daran ich der Schuldige, denn ich habe dir wider besseren Wissens vor zwei Stunden eine weitere Nachricht geschickt, in der ich dir zugesichert habe, dass ich deine gestrige Entscheidung, auf die ich bis dato zu reagieren verzichtet hatte, respektiere. Ferner habe ich dir meine Befürchtung mitgeteilt, dich bedrängt zu haben, was aber keineswegs meine Absicht gewesen sei.

Höre ich auf des Wurmes Stimme in mir, so war es gleich mein nächster Fehler, dir diese Nachricht überhaupt geschickt und dich nicht einfach in Ruhe gelassen zu haben, wobei dieser grässliche Tyrann am Inhalt, von einigen Formulierungen abgesehen, bisher noch nichts auszusetzen hat. Doch warten wir ab, was sich dieses Stinktier nicht noch alles wird erdenken!

In Anbetracht der tiefen Verletzung in meiner Seele, die durch deine Zurückweisung hervorgerufen wurde, ist es gewiss für uns beide äußerst vorteilhaft, wenn wir uns in den nächsten vier Wochen, die bis zum nächsten Seminar noch ins Land ziehen werden, nicht wiedersehen. Ich gehe ebenfalls davon aus, dass du in dieser Zeit auch grundsätzlich den Kontakt mit mir meiden wirst. Unfehlbar bin ich indes davon überzeugt, dass sich diese achtundzwanzig Tage äußerst qualvoll für mich gestalten werden, bevor wir dann beim Seminar wieder aufeinander treffen und wahrscheinlich fünf noch viel qualvollere Tage in Angst und Beklemmung dicht an dicht zubringen werden. Ich hoffe sehr, dass ich mich mit dieser Prognose gewaltig täusche, zumal ich nicht bestreiten möchte, dass ich durchaus gewisse Hoffnungen darauf hege, dass du deine Entscheidung, dich von mir fernzuhalten, überdenken und womöglich auch schon vor dem Seminar wieder an mich herantreten wirst. Vermutlich jedoch wird schon allein diese meine Hoffnung das verhindern und dich, der du die selbige spüren wirst, im Abstand halten. Ja, ich tue gut daran, mich in der nächsten Zeit im Nichtwollen und Loslassen zu üben, um dir einigermaßen befreit von jeglichen Wünschen und Sehnsüchten alsbald wieder begegnen zu können.

Anderthalb Tage sind nun verstrichen, seitdem ich diesen Brief an dich begonnen habe. Das Wochenende, auf das ich mich zunächst so sehnsüchtig gefreut und nun die letzten Tage allzu schrecklich gefürchtet habe, wird in wenigen Stunden vorübergegangen sein. Es ist mir ein Bedürfnis, dir mitzuteilen, dass ich seit deiner Zurückweisung ungemein viel für mich habe erkennen können, wofür ich dir herzlich danken möchte. Auf gewisse Art und Weise ist es ein großes Geschenk, mit diesem Schmerz, den mir dein klares Nein bereitet hat, konfrontiert zu sein. Ja, es war immer schon eine existenzielle Angst von mir, abgewiesen zu werden, weil mich dies seit jeher in meinem alten Glaubenssatz, durch und durch falsch zu sein, nicht ankommen und nicht geliebt werden zu können, bestätigt.

Ich durchlebte diesen Schmerz letztmalig vor viereinhalb Jahren, als ich mich sterblich in ein Mädchen verliebte, das sich zunächst auf mich einließ, mich anschließend aber scheinbar grundlos zurückstieß. Ich habe dreieinhalb Jahre benötigt, um diese Wunde heilen zu können. Wann immer ich diese junge Frau nach unserer Trennung wiedersah, bin ich mit diesem gewaltigen Schmerz, den ihre Zurückweisung in mir hervorgerufen hatte, in Berührung gekommen und wurde in ihrer Gegenwart zum kleinen, bedürftigen Kind. Als ich sie vergangenen Sommer im Supermarkt ausgerechnet an jenem Tag traf, als ich Jules wegen Frühgeburtsrisikos ins Krankenhaus gebracht hatte, lud sie mich, der ich ihr völlig aufgelöst und unterzuckert an der Kasse begegnete, zu sich nach Hause ein. Mit großen Skrupeln im Herzen und in völliger Ungewissheit, was geschehen würde, entschied ich mich letzten Endes tatsächlich zu ihr zu gehen. Unsere Begegnung verlief sehr angespannt. Sie überdeckte ihre offensichtliche Nervosität mit der ihr gewohnten Arroganz. Ich sprach schließlich meine Wunde an, die ich seit ihrer damaligen Zurückweisung empfand, und sie versetzte mit kalter Miene und leicht gereizt, dass sie mich eben niemals geliebt habe. Obschon ich spürte, dass sie sich etwas vormachte und ihre große Angst vor Nähe, vor der sie damals geflüchtet war, nicht eingestehen konnte, versetzte mir ihre wenig empathische, erneute Abweisung weitere Nadelstiche und ich ging spätnachts mit schwerem Herzen nach Hause. Anders als vor dreieinhalb Jahren jedoch konnte ich damals ihre Empfindungen bei ihr lassen und sie um ihre Unfähigkeit, Nähe zuzulassen, bedauern. Ich hatte großes Mitgefühl, dass sie Tag für Tag feiern gehen und jemand Neuen kennen lernen musste, um, wie sie selber stets zu sagen pflegte, ein Leben in Freiheit führen zu können. Ich erinnere mich an dieser Stelle an das russische Sprichwort „Freiheit dem Freien und dem Seligen das Paradies".

Janosch, ich verstehe dich gut, respektiere deine Zurückweisung und lasse auch dich in deiner Angst vor tiefer Nähe. Gerade heute habe ich zu verstehen gelernt, wie zwecklos es ist, jemandes Gedanken und Motive in ihrem ganzen Ausmaß verstehen und nachvollziehen zu wollen. Ein jeder von uns hat seine eigene Geschichte und individuellen Erfahrungen, sodass niemand jemals irgendeinen anderen Menschen voll und ganz zu lesen imstande sein wird. Und gerade deshalb haben wir Menschen einen Verhaltenskodex aufgestellt und festgelegt, was gut und was schlecht ist. Aus Angst vor der Individualität geben wir uns irgendwelchen Urteilen und Bewertungen hin, um etwas zu haben, woran wir uns klammern können. Die Folge davon ist jedoch Leiden, weil dieser Verhaltenskodex nur allzu oft den eigenen Empfindungen widerspricht und wir uns dann entscheiden müssen, ob wir es verantworten können, tatsächlich für uns zu gehen, oder uns nicht lieber doch dem unterwerfen, was allgemein als richtig angesehen wird. Ich denke, dass es vor diesem Hintergrund wichtig ist, jeden so zu respektieren und zu lassen, wie er eben ist, auch wenn das mit Sicherheit ein sehr herausforderndes Unterfangen ist.

Was die Angst vor tiefer Nähe betrifft, so denke ich, dass wir uns in dieser Hinsicht nicht allzu unähnlich sind. Aus meiner eigenen Geschichte heraus weiß ich, wie wichtig es ist, mit dieser Angst behutsam umzugehen und sich zu schützen, bevor man sich selbst übergeht. Ich beispielsweise habe die selbige nicht geachtet, als ich vor zweieinhalb Jahren mit Jules zusammengekommen bin. Schon nach nur kurzer Zeit, in der wir uns kaum kennen gelernt hatten, wollte sie eine tiefe Verbindung mit mir eingehen, zu der ich allerdings zum damaligen Zeitpunkt überhaupt nicht bereit war. Aus Angst jedoch, sie zu verlieren, habe ich meine eigenen Grenzen überschritten und mich auf eine Beziehung mit ihr eingelassen. Es war mir somit niemals wirklich möglich, mich aus freien Stücken für die selbige zu entscheiden. Jules und mir hat das nach zweieinhalb Jahren trotz gemeinsamen Kindes die Trennung gebracht. Obschon ich es lange Zeit nicht benennen konnte, hat mir von Anfang an in unserer Beziehung etwas Wesentliches gefehlt, und zwar jene zarte Annäherung, derer es meiner Meinung nach bedarf, bevor die Entscheidung zu einem tieferen Einlassen aufeinander getroffen wird. Es ist in meinen Augen etwas Wundervolles, sich zu verlieben, mit langsamen Schritten aufeinander zuzugehen und sich kennen zu lernen. Diese Phase der Verliebtheit, aus der eine Beziehung hervorgehen kann, keineswegs aber muss, versprüht ihren ganz besonderen Reiz gerade deshalb, weil jeder Moment in der Ungewissheit, dass es auch der letzte sein könnte, ganz und gar ausgekostet und genossen wird. Wird in dieser Phase aber nicht einem jeden von beiden die notwendige Zeit gelassen, für sich zu schauen, ob er sich eine tiefere Nähe mit dem jeweils anderen vorzustellen imstande ist, steht die hieraus hervorgehende Beziehung von Anfang an auf wackligen Beinen und kann nur in großer Unfreiheit geführt werden. Es war insofern in keiner Weise meine Absicht, dich zu irgendetwas zu drängen. Ich fürchte allerdings, dass sich genau dieser Eindruck bei dir eingestellt hat und du deshalb jetzt auf Abstand zu mir gehst, weil auch du nicht zu einer tiefen Nähe gezwungen werden möchtest. „Alles ist verloren, was sich zwischen euch möglicherweise hätte entwickeln können.", schreit unerbittlich diese garstige Stimme des Wurmes in mir und ich komme nicht umhin, auf diese zu hören und mich unendlich dafür zu hassen, dass ich alles zerstört habe.

Ich habe erkannt, dass dieser Wurm, den ich so gerne aus mir vertreiben würde, mein verletztes inneres Kind ist, das mit seiner Bedürftigkeit stets abgewiesen wurde. Ich kann es nicht fortjagen, da es ein Teil von mir ist, der nicht abgelehnt, sondern angenommen werden möchte. Ich habe mich von daher der großen Herausforderung gestellt, in den nächsten Wochen mit diesem kleinen verletzten Wesen in mir in Frieden zu kommen, es in den Arm zu nehmen und lieb zu gewinnen. Und vielleicht, ja nur vielleicht ist dann ja auch doch noch nicht alles zwischen uns verloren.

In tiefem Respekt und Anerkennung all dessen, was bei dir ist, sende ich einen vorerst letzten, leisen Gruß in deine Richtung.
Dein Patrick

www.tredition.de

Über tredition

Der tredition Verlag wurde 2006 in Hamburg gegründet. Seitdem hat tredition Hunderte von Büchern veröffentlicht. Autoren können in wenigen leichten Schritten print-Books, e-Books und audio-Books publizieren. Der Verlag hat das Ziel, die beste und fairste Veröffentlichungsmöglichkeit für Autoren zu bieten.

tredition wurde mit der Erkenntnis gegründet, dass nur etwa jedes 200. bei Verlagen eingereichte Manuskript veröffentlicht wird. Dabei hat jedes Buch seinen Markt, also seine Leser. tredition sorgt dafür, dass für jedes Buch die Leserschaft auch erreicht wird

Autoren können das einzigartige Literatur-Netzwerk von tredition nutzen. Hier bieten zahlreiche Literatur-Partner (das sind Lektoren, Übersetzer, Hörbuchsprecher und Illustratoren) ihre Dienstleistung an, um Manuskripte zu verbessern oder die Vielfalt zu erhöhen. Autoren vereinbaren unabhängig von tredition mit Literatur-Partnern die Konditionen ihrer Zusammenarbeit und können gemeinsam am Erfolg des Buches partizipieren.

Das gesamte Verlagsprogramm von tredition ist bei allen stationären Buchhandlungen und Online-Buchhändlern wie

z. B. Amazon erhältlich. e-Books stehen bei den führenden Online-Portalen (z. B. iBookstore von Apple) zum Verkauf.

Seit 2009 bietet tredition sein Verlagskonzept auch als sogenanntes "White-Label" an. Das bedeutet, dass andere Personen oder Institutionen risikofrei und unkompliziert selbst zum Herausgeber von Büchern und Buchreihen unter eigener Marke werden können.

Mittlerweile zählen zahlreiche renommierte Unternehmen, Zeitschriften-, Zeitungs- und Buchverlage, Universitäten, Forschungseinrichtungen, Unternehmensberatungen zu den Kunden von tredition. Unter www.tredition-corporate.de bietet tredition vielfältige weitere Verlagsleistungen speziell für Geschäftskunden an.

tredition wurde mit mehreren Innovationspreisen ausgezeichnet, u. a. Webfuture Award und Innovationspreis der Buch-Digitale.

tredition ist Mitglied im Börsenverein des Deutschen Buchhandels.

Zeitfracht Medien GmbH
Ferdinand-Jühlke-Straße 7
99095 Erfurt, Deutschland
produktsicherheit@kolibri360.de